CB068240

Coleção Karl May

1. Entre Apaches e Comanches
2. A Vingança de Winnetou
3. Um Plano Diabólico
4. O Castelo Asteca
5. Através do Oeste
6. A Última Batalha
7. A Cabeça do Diabo
8. A Morte do Herói
9. Os Filhos do Assassino
10. A Casa da Morte

ENTRE APACHES
E COMANCHES

Coleção Karl May

Vol. 1

Tradução
Carolina Andrade

VILLA RICA EDITORAS REUNIDAS LTDA
Belo Horizonte
Rua São Geraldo, 53 - Floresta - Cep. 30150-070 - Tel.: (31) 212-4600
Fax.: (31) 224-5151
Rio de Janeiro
Rua Benjamin Constant, 118 - Glória - Cep. 20241-150 - Tel.: 252-8327

KARL MAY

ENTRE APACHES E COMANCHES

VILLA RICA
Belo Horizonte - Rio de Janeiro

2000

Direitos de Propriedade Literária adquiridos pela
VILLA RICA EDITORAS REUNIDAS LTDA
Belo Horizonte - Rio de Janeiro

Impresso no Brasil
Printed in Brazil

ÍNDICE

Encontro com Old Death	9
Os Desordeiros	31
Encontro com Soldados	57
Um Índio Prisioneiro	73
A Estância do Cavaleiro	87
Castor Branco	110
A Batalha	131
Apareceu Winnetou	141
Os Bandoleiros Brancos	153
Pai e Filho	163

Encontro com Old Death

1.

Estavam os Estados Unidos da América em plena guerra civil quando me encontrei em Nova Iorque da maneira mais deplorável que eu poderia imaginar. Havia chegado a Nova Orleans e ansiava por regressar à minha pátria. Tinha desejo de ver a Alemanha e minha família. Tratei de procurar saber se haveria algum navio partindo para o velho Continente
— Amanhã sai um — me responderam no porto, — propriedade de um ianque. Passará por portos cubanos, mas seu destino é a Europa.
Em Cuba seria fácil trocar de rumo, se necessário. Decidi embarcar. Três pessoas mais se aproveitaram, como eu, da relativa calma que reinava no mar, e éramos os únicos passageiros daquele navio que não deveria chegar jamais a seu destino.
A travessia começou bem, porém à meia-noite furiosos rugidos de um furacão me despertaram. Levantei-me apressadamente, mas o violento sacolejar do navio me impediu de vestir-me, como era meu desejo, e a duras penas pude sair do camarote que repartia com os demais passageiros. Lá dentro tornara-se uma confusão de bagagens, estilhaços e roupas revoltas. Aos tropeções, consegui subir ao convés, enquanto o navio balançava perigosamente.
Ouvi, confusamente, os gritos da tripulação e somente a luz dos relâmpagos me permitia ver o que se passa-

va. Havíamos encalhado, mas o furacão e o mar bravio faziam a embarcação parecer uma frágil casca de noz, balançando violentamente. Não havia botes para nos salvarmos, já que estes haviam sido varridos pelo furacão. O navio ameaçava rachar-se em dois e não havia outra alternativa senão nos atirarmos ao mar e nadarmos até um banco de areia que estava próximo, ainda que fosse perigoso.

Recordo-me apenas de me jogar na água, e com a ajuda das ondas, refugiar-me em um lugar onde a fúria do mar não poderia arrastar-me. Ali permaneci durante um tempo que não saberia calcular, até que o vendaval começou a amainar e pude me orientar tentando localizar a costa.

Quando a localizei, para lá nadei, chegando exausto. No entanto, tive força suficiente para agarrar-me às rochas, subir por elas e chegar a terra, onde caí desmaiado.

Quando recobrei os sentidos, estava estendido na orla. Às minhas costas rugia o mar contra as rochas, mas à minha frente se viam várias árvores. No céu brilhavam estrelas e tudo parecia ter sido um pesadelo. Mas, para atestar que não era, ali estava eu, morto de frio, quase sem roupas e sem saber para onde dirigir-me.

Logo divisei luzes que se moviam por entre as árvores. Apressei-me a levantar-me e ir ao seu encontro. Eram os pescadores que estavam indo ver os estragos causados pelo mar em seus barcos e jangadas. Tive que chamá-los aos gritos, por causa do barulho do mar, para que me ajudassem. Deram-me roupas, resgataram todos os náufragos que conseguiram achar e assim chegou o amanhecer. Então pudemos ver que o que restava da navio em que empreendêramos a viagem. Os passageiros haviam se salvado todos e da tripulação haviam restado dezesseis homens. Todos os demais estavam mortos.

O comandante do forte Jefferson, a par de nossa odisséia, procurou nos ajudar a sair dali. E assim foi como me encontrei, em poucos dias em Nova Iorque, sem um tostão e com a pitoresca roupa que haviam me dado os pescadores.

2.

Muitas coisas já fiz na vida, mas a que me salvou daquela delicada situação foi uma das mais curiosas. De forma inesperada, como sempre o são os melhores acontecimentos da vida, travei conhecimento com o sr. Josué Taylor. Este senhor era dono e diretor de uma companhia de agentes de informação particular. O que se convencionou chamar de "detetives". E, ao que parece, precisava de homens decididos como eu, para fazer alguns serviços.

Não vou narrar o começo de uma profissão na qual jamais sonhei alcançar nome e fama. Porém, o certo é que tive certo êxito e comecei a ser homem de confiança do sr. Taylor. E isto me leva ao seguinte assunto:

Ao chegar de manhã ao escritório, o empregado que abriu a porta me disse:

— O sr. Taylor o está esperando em sua sala. Pediu que o fosse ver assim que chegasse.

— Está sozinho?

— Não, senhor. Está com o banqueiro Ohlert.

Tratava-se, pois, de uma nova investigação. Entrando notei que me esperavam com certa impaciência. Depois das apresentações de praxe, o banqueiro Ohlert me disse:

— Trata-se do meu filho William. Tem vinte e cinco anos e sua assinatura vale tanto quanto a minha.

— Isto significa que pode retirar fundos do banco e das sucursais? — perguntei.

— Exatamente. Porém, meu filho não é afeiçoado aos negócios. Gosta de poesia e se crê literato e poeta. Para poder escrever sobre os loucos geniais, começou a estudar tudo referente à loucura e chegou a ser um maníaco. Conheci então um certo doutor, que me inspirou confiança e o encarreguei de procurar curar meu filho de suas funestas manias. O caso é que se tornaram grandes amigos e um dia, desapareceram os dois.

— Então supõe que o médico era um charlatão?

— Outra vez você acertou. E agora tenho que encontrá-lo, pois seguramente está manipulando o meu filho, cujo cérebro não é muito firme, e com ele sacará quanto dinheiro puder do meu Banco.

Naquele momento, o sr. Taylor interveio:

— O suposto médico se chama Gibson — me disse. — Aquele que tivemos que vigiar fazem uns meses, naquele caso relativo ao ouro, lembra-se?

Assenti com a cabeça. Como havia me encarregado daquele caso, possuía uma fotografia do pilantra em questão e a mostrei ao banqueiro. Este o reconheceu imediatamente. E tratou de dar-me mais detalhes.

A última pista vinha de Cincinatti, onde um sócio de Ohlert havia dado a William cinco mil dólares e avisado ao pai. Pus-me a caminho na mesma noite e quando cheguei à cidade, fui procurar o banqueiro que havia lhe dado o dinheiro.

Levava uma lista de todas as casas bancárias com as quais Ohlert tinha ligação e fui em cada uma delas. De Cincinatti fui para Louisville e de lá para São Luís, para chegar a Nova Orleans e comprovar que, como temia, William e Gibson estavam sempre à minha frente, sempre levando vantagem em relação a mim. A polícia estava a postos, mas eu não podia tolerar que Gibson ganhasse a partida.

Aquele dia fazia muito calor e eu não conhecia Nova Orleans o suficiente para andar nas ruas. Pensando que talvez fosse mais fácil encontrar Gibson em algum estabelecimento, entrei numa taberna para beber uma cerveja. Procurei um lugar vago e vi uma mesa onde havia um homem estranho bebendo.

Era extremamente alto e magro. Vestia um colete de pele de carneiro e calças de couro, calçava um estranho sapato feito de uma peça inteiriça de couro, e levava esporas, cujas rodas eram feitas de pesos mexicanos. Dois revólveres e uma faca estavam no cinturão, e a seu lado tinha uma sela de montar e uma espingarda de Kentucky.

Aproximei-me e perguntei educadamente:

— Permite-me?

Ele me olhou inquisidoramente. Tinha olhos profundos e como era muito magro, aquele olhar impressionava um pouco.

— O senhor tem dinheiro?

— Claro! — respondi, algo irritado.

— Então, porque se incomoda em perguntar-me se pode sentar-se? Se tem dinheiro para pagar o assento e a bebida, não tem que perguntar nada a ninguém.

— Mas...

— Parece-me que é novo aqui. Um forasteiro que não sabe o que fazer. Se me disputassem o lugar que ocupo, já veria o que se passaria com quem se atrevesse a tanto. Faça igual a mim; sente-se, ponha os pés onde bem entender e se alguém reclamar, dê-lhe um bem aplicado bofetão. Entendeu?

Apesar de sua rudeza, aquele tipo me agradava. Sentei-me e respondi com calma:

— Creio que se pode ser um homem valente e experiente, sem necessidade de ser grosseiro. A cortesia não está dissociada da experiência.

— Se está em seus planos me dar uma lição, perde seu tempo, rapaz. Ninguém consegue sacar mais rápido que Old Death...

Fiquei extático. Old Death! Aquele homem era um autêntico cauboí, um homem do Oeste como haviam poucos. Já ouvira falar dele e sabia que sua fama chegava até as cidades do Este, passando por todos os acampamentos do Mississipi.

Ninguém sabia seu nome. Old Death, que significava Velha Morte, era a alcunha pela qual era conhecido. Ao contemplá-lo de perto, pude compreender o por que do apelido.

Sua magreza fazia com que seu crânio parecesse o de uma caveira. E como todo ele era nervos, ossos e músculos de aço, seu aspecto justificava aquele estranho nome. Também seus feitos, que eu havia escutado vagamente e sem prestar muita atenção.

Quando me trouxeram a cerveja e já me dispunha a bebê-la, Old Death levantou seu copo, dizendo:

— Não tenha pressa, rapaz. Suponho que possamos brindar, como é costume na sua pátria.

— Entre os bons amigos... — disse eu, vacilando e sem saber se aceitaria seu convite.

— Ora! Não diga bobagens. Agora estamos juntos e podemos brindar pacificamente, pois não temos porquê brigarmos. Você pode passar um bom quarto de hora em minha companhia, assim, vamos brindar tranqüilamente...

Tive que sorrir, enquanto brindava com ele.

— Se você é realmente Old Death — disse — não tenho porquê lamentar encontrar-me em sua companhia.

— Você me conhece? Então não temos que falar de mim. Falemos de você. Que veio fazer no Oeste dos Estados Unidos?

— O mesmo que os outros. Procurar fortuna.

— Claro! Na velha Europa todos crêem que vão encher os bolsos de dólares, chegando aqui. Se um triunfa, os jornais proclamam em altos brados, porém se esquecem de dizer dos milhares que fracassam. E você, encontrou-se com a sorte ou só tropeçou em suas pegadas?

— Creio que foi o que mais me aconteceu.

— Então, procure ser esperto e que da outra vez não lhe escape. Saiba que posso colocar-me frente a frente com o melhor homem do Oeste, sem que me supere em nada e, sem embargo, posso dizer-lhe que já vi muitas vezes desvanecer-se a fortuna perante mim. Muitas vezes acreditei que tinha a fortuna ao alcance de minhas mãos e quando ia tomar posse, ela se desvanecia. Eram castelos de areia, esses forjados pela imaginação e desejo dos homens...

Havia falado com voz sombria e ao terminar, quedou-se pensativo. Como não lhe respondesse, voltou a dizer, ao cabo de um momento:

— Deve você perguntar-se porque lhe falo assim, e a explicação é simples. É que me parece muito delicado, muito bem vestido, e muito perfumado. Se um índio o visse, morreria de susto. Tal como o vejo, jamais fará fortuna no Oeste.

— Não tenho pretensão de fazê-la aqui, precisamente.

— Qual a sua profissão?

— Sou estudante... — disse, para não falar demasiado.

— É você um homem de estudos? — exclamou ele, rindo zombeteiramente. — Compreendo, então. Tem algum emprego?

— Estou ao serviço de um banqueiro de Nova Iorque.

— Caramba! Um banqueiro e tudo. Então sua carreira é mais simples do que imaginava. São poucos os homens estudados que conseguem postos assim em bancos americanos. Para a sua pouca idade, demonstra ter muita confiança. Os homens do Norte só enviam ao Sul homens muito experientes. O que veio resolver? Algum assunto financeiro?

— Algo parecido.

Seus penetrantes olhos me fixaram perscrutadoramente e sorrindo zombeteiramente outra vez, replicou:

— Pois creio que adivinho o verdadeiro motivo de sua expedição.

— Não o duvido.

— Não tem importância, assim é que não vou insistir. Porém aqui vai um bom conselho. Se você busca a alguém, domine-se mais. Desde que chegou, não fez outra coisa que olhar a torto e a direito. Procura alguém, não?

— Sim, senhor. Procuro alguém que não conheço.

Old Death soltou um risinho de coelho e logo me provocou:

— É você um ingênuo em toda a extensão da palavra. Não se ofenda, mas é a pura verdade.

Compreendi que havia falado demais e que Old Death se ria de mim. Para confirmá-lo, aquele homem esperto continuou:

— O senhor afirma ter vindo por uma questão financeira e não conhece a pessoa com quem vai tratar. Sem dúvida a polícia busca a tal pessoa e você recorre a tabernas e cervejarias para procurá-lo. E eu deixaria de ser Old Death se ignorasse quem é você.

— Quem sou, então?

— Um investigador particular, um detetive. O senhor busca alguém, mas este não é um criminoso, tal como se entende essa palavra. Este é um assunto mais familiar que qualquer outra coisa.

Eu estava maravilhado, porém não acreditava ser prudente dar-lhe a entender que ele havia adivinhado tudo. Limitei-me a responder:

— O senhor é muito esperto, porém, desta vez está errado.

— Creio que não, enfim, você é quem sabe. Porém

se não quer que descubram, não seja tão transparente. Investiga o senhor uma questão de dinheiro, mas anda em jogo alguém da família que o perdeu e se trabalha com indulgência. Alguém acompanha a esse membro da família prejudicada e a esse a polícia procura... Sim, não me olhe assim espantado. Sou um homem vivido, jovem, e a um homem do Oeste, como eu, bastam duas pegadas para seguir um caminho mais comprido do que daqui até o Canadá... E o engraçado é que raramente me engano.

Ficou de pé e sacou uma velha bolsa de pele para pegar o dinheiro e pagar sua cerveja. Eu lhe disse:

— Tornaremos a nos ver...

— Não o creio. Parto hoje para o Texas e dali para o México. Suponho que o senhor não vá para estes lados. Então, adeus e passe bem... Recorde-se que se Old Death o chamou de ingênuo, não deve ofender-se. É sempre bom termos um conceito modesto de nós mesmos.

Colocando o chapéu de abas largas, pôs a sela nos ombros, recolheu a espingarda e se encaminhou para a porta. Porém, rapidamente deu meia-volta e me sussurrou baixinho:

— Não leve a mal o que lhe disse, senhor. Eu também... Já fui estudante e tenho vergonha de lembrar o tonto presunçoso que eu era. Passar bem!

3.

Saiu da sala sem voltar-se para trás. Eu o observei desaparecer com um sentimento indefinível misto de ofensa, curiosidade e gratidão. Apesar de tudo, sentia simpatia por aquele tipo tão curioso e que todos haviam acompanhado com o olhar quando saiu.

Naquele momento aconteceu algo inverossímil. A porta abriu-se e apareceu Gibson em pessoa. Seus olhos deram comigo e percebi logo que ele havia me reconhecido. Deu meia-volta e saiu. Tive que pagar pela cerveja e com isso perdi tempo precioso. Quando alcancei a rua, ainda pude vê-lo entre um grupo de pessoas. Lancei-me atrás dele e pude vê-lo entrar num cruzamento. Ele voltou-se, me olhou, tirou o chapéu e o abanou, saudando-me debochadamente, e desaparecendo veloz pelo beco.

Isto desconcertou-me, e sem me preocupar com o que os outros iriam pensar, desandei a correr atrás dele. Ao final do beco, me encontrei em uma pracinha cheia de gente. Gibson havia desaparecido.

Percebi ali parado, um negro que parecia não estar fazendo nada, nem esperando ninguém, e pensei que o homem a quem estava perseguindo devia haver-lhe chamado a atenção. Aproximei-me e perguntei-lhe se ele o havia visto.

— Sim! — respondeu. — Corria como um louco e se meteu ali.

E me apontou uma casinhola de aspecto confortável. A porta de ferro do jardim estava fechada e foi em vão que eu chamei. Ninguém atendeu ao meu chamado.

Quando já me retirava, desconsolado, um meninote se aproximou. Trazia um papel em suas mãos e me disse:

— Senhor, tenho algo para você, porém, terá que me dar uma gorjeta.

— Quem o mandou?

— Um senhor que vivia ali — disse, mostrando a casa aonde não me haviam atendido. Encarregou-me de entregar isto ao senhor, porém, sem gorjeta, não o darei.

Eu lhe dei algumas moedas e peguei o bilhete. Era uma folha arrancada de um bloco de anotações, e dizia assim:

> *"Caro Sr. Dutchman: Veio de Nova Orleans atrás de mim? Assim suponho, ao ver que me segue como minha sombra. Eu o considerava um tolo, mas não suspeitava que o fosse a esse extremo. Quem possui tão pouco juízo como o senhor, não devia tentar caçar-me. Aconselho-o que volte a Nova Iorque e mande minhas lembranças ao sr. Ohlert. Já tomei as devidas providências para que ele não me esqueça, assim como espero que o senhor não se esqueça jamais deste nosso encontro.*
> *Gibson."*

Coloquei o papel no bolso e segui meu caminho. Era provável que Gibson estivesse me observando e não queria dar ao verme a satisfação de ver-me furioso.

Fui procurar a polícia. Dois policiais, à paisana, me acompanharam ao porto. Era lógico pensar que Gibson trataria de escapar o mais rapidamente possível da cidade, já que esta havia se tornado perigosa para ele.

Porém os navios partiram sem Gibson e também esta vez me vi logrado. A raiva de ver como fracassava com aquele pilantra não me dava sossego. Voltei ao meu alojamento e, cansado e aborrecido, me dispus a esperar pelo dia seguinte.

4.

No dia seguinte, fui ao lago de Pontchartrain e um bom banho me devolveu a tranqüilidade. Voltei às minhas investigações e resolvi retornar à cervejaria onde havia conhecido Old Death. Entrei, sem suspeitar que haveria de encontrar ali uma nova pista.

O local estava quase vazio. Peguei um jornal e me acomodei para descansar um pouco. Sem muito ânimo, peguei o jornal e corri os olhos distraidamente. Porém, me chamou a atenção uns versos, que tratei de ler. Não costumo ler poesias publicadas em jornal, pois costumam ser da pior qualidade, mas, o título daquela me pareceu estranho. Dizia assim: "A noite mais terrível", e me soou parecido com o título de uma novela de terror, o que me impeliu a lê-la.

Quando terminei a leitura, fiquei extático, pois ao pé da mesma, estavam as iniciais "W.O". Aquilo era o que necessitava para encontrar o jovem William Ohlert!

Tornei a ler a poesia. Seu valor literário era nulo, porém, havia ali algo muito parecido a um grito de angústia. Era o lamento de um homem de talento que lutava por dissipar a névoa que o envolvia. Era um pobre ser que se perdia entre as brumas da demência e queria ser livre outra vez. Li e reli, e as estrofes ficaram impressas em minha mente. Saí da cervejaria apressadamente, em busca do diretor do jornal que acabava de ler.

O redator do jornal que me recebeu, deu-me grandes informações. Efetivamente, a poesia era de um tal William Ohlert e ele mesmo havia pago uma grande soma pela publicação de seus versos no jornal. Para poder receber as provas, teve que deixar seu endereço, o que me facilitou a vida. Era uma pensão cara e elegante, que eu conhecia de vista.

Acompanhado outra vez da polícia, me dirigi a ela. Estava certo de encontrar agora meu homem, e com esta esperança bati na porta da casa. A campainha repicou alegremente, e pouco depois, uma criada negra me levava a uma salinha onde esperei pela dona da pensão.

Esta era uma mulher afável e honrada. Apresentei-me como redator do "Diário Alemão" e lhe disse que necessitava falar com o autor da poesia publicada no jornal. Afirmei que tal poesia havia tido tanta aceitação, que desejávamos encomendar-lhe um novo trabalho.

— Quanto me alegro! — disse cordialmente a senhora. — Eu não entendo alemão e sinto não poder ler a poesia. É bonita?

— Muito — lhe respondi. — E o senhor Ohlert é muito simpático. Quando levou a poesia à nossa redação, gostamos tanto que nos deu seu retrato. Aqui o tenho. Verdade que é este senhor?

— É ele, com efeito. E conserve o senhor com muito cuidado esta recordação do seu amigo, pois tardará em voltar a vê-lo. O senhor Ohlert e seu secretário partiram hoje cedo.

— E a que se deve uma partida tão repentina?

— É uma triste história de família. Seu secretário me contou. O senhor Ohlert ama a uma menina negra, e sua família se opõe ao matrimônio. O pai do jovem a fez assinar um documento em que renuncia a casar-se com ele. É um pai desalmado.

— Ah, sim?

— Sim, senhor. E o senhor Ohlert roubou a jovem e a colocou num colégio.

— Que romântico! E diga-me, senhora, porque partiram agora, se a jovem está a salvo?

— Porque seu perseguidor está em seu encalço.

— Perseguidor? O pai?

— Não, um tipo alemão, que o pai contratou para perseguir a esses infelizes amantes. Coitados! A verdade é que merecem triunfar sobre tanta incompreensão.

— Claro, claro! — disse eu, sorrindo ao comprovar como a senhora falava tão confiante ao malfadado "tipo" alemão.

— Repare — prosseguia ela, voluvelmente, — que se trata, nada mais, nada menos, do que um detetive e que os persegue com o documento que o pai conseguiu para impedir o casamento. Uma infâmia!

— Tem a senhora toda a razão.

— Ainda não compreendo como este verme não apareceu. Quando me anunciaram que o senhor estava aqui, achei que fosse o tal.

— Pois já vê que se enganou. E voltando ao nosso assunto, haveria um modo da senhora colocar-me em contato com o sr. Ohlert? Compreenda que sua colaboração nos seria preciosa.

— Eu sei onde ele está, naturalmente, porém não sei nem se uma carta lá chegará. Eles se dirigiram para o Sul, para o Texas. Queriam ir para o México, mas como não havia nenhum navio para lá, e estavam com pressa, embarcaram no "Delfim", que saía para Quintana.

— A senhora tem certeza?

— Absoluta! O porteiro levou-lhes a bagagem para que não perdessem o navio. Foi ele quem me disse que o navio iria para Quintana, fazendo escala em Galveston. E ele viu o sr. Ohlert embarcar no navio, que partiu levando-o.

— E o secretário e a noiva embarcaram também.

— Naturalmente, mas Juan, o porteiro, não viu a jovem, pois ela já havia se retirado para o camarote das senhoras. É óbvio que o senhor Ohlert não ia deixar sua amada aqui, para que o detetive alemão a encontrasse. Estou desejando que ele me procure, acredite-me. Vou passar-lhe um sermão...

A boa mulher estava excitadíssima. Vacilei um pouco, antes de contar-lhe a verdade, já que isso não iria me trazer vantagem alguma, porém, também me doía deixar a senhora prosseguir naquele engano. Ela falava de boa fé e não era conveniente deixá-la continuar acreditando neste tanto de mentiras. Por isso, disse com todo tato:

— Não creio que tenha a oportunidade de dizer nada a esse senhor detetive...

— Por que?

— Porque ele se apresentará de forma muito diferente da que a senhora imagina. E não esperará muito para pôr-se a caminho de Quintana e procurar ali o infeliz sr. Ohlert.

— Porém, se ele não souber onde o encontrar...

— Senhora, já me disse onde encontrá-lo ainda há pouco...

5.

Ao sair dali, depois de uma conversa com a bondosa senhora, que esclareceu a real situação do Sr. Ohlert, dispensei os dois policiais e me dirigi ao escritório de uma companhia de viagens, para saber quando partiria um navio para Quintana. Não tive sorte. Os que estavam prestes a sair iam para Tampico. Para Quintana, só daí a alguns dias.

Por fim, encontrei um veleiro rápido, que saía para Galveston e pensei que ali, talvez, encontrasse meios de continuar a viagem. Arrumei-me rapidamente e embarquei.

Em Galveston também não tive sorte. Só consegui um veleiro que ia até Matagorda, porém como este ponto, situado na desembocadura do Colorado, possuía várias conexões com Quintana, decidi aproveitar a ocasião.

A situação nos territórios aos quais me dirigia, não podia ser mais desfavorável. Benito Juárez era o presidente, reconhecido pelos Estados Unidos, da República Mexicana. Porém, estava por resolver o caso do infeliz imperador Maximiliano, colocado ali por Napoleão III e abandonado à própria sorte pelas tropas deste, que retirou-as por causa da guerra na Europa. Os triunfos alemães fizeram Napoleão III cumprir sua palavra e isto foi fatal para o imperador, que selou com isto sua sentença de morte.

O Texas havia se declarado partidário do Sul na guerra civil da secessão, e a derrota dos sulistas, com a rendição de Lee em Appomatox, em 7 de abril de 1865, não trouxe tranqüilidade ao território. Estavam os texanos demasiado irritados com os ianques para aceitar suas decisões sem protestar, e assim Juárez, que era adorado por aqueles que o chamavam "o herói índio", era aceito com restrições por aqueles que diziam ser ele o presidente aceito pelo governo de Washington.

O Texas era todo um palco de comícios contra Juárez ou em prol do mesmo. A insegurança do país era enorme, e jamais se sabia qual opinião política devia-se expressar, para sair-se livre de qualquer aperto, pois encontravam-se partidários e inimigos de Juárez quase que lado a lado. Não se sabia nunca com quem se estava falando.

Tais eram as críticas circunstâncias do país ao aproximar-se o navio que me levava a Matagorda, a plana e comprida faixa de terra que separava a dita baía do golfo do México. Entramos por ela através do Paso del Caballo e tivemos que ancorar logo. A baía de Matagorda era tão alta que os navios de certo calado corriam perigo de tocar o fundo logo.

Detrás desta extensão de terra estavam ancoradas várias embarcações pequenas e em frente, em alto mar, se viam grandes navios de três mastros e um vapor.

Tomei um bote para chegar à terra rapidamente e me informei de quando sairia um navio para Quintana. Disseram-me que em dois dias sairia uma escuna para lá. Pronto! Gibson estava com 4 dias de vantagem, e os aproveitaria para evaporar-se como fumaça, sem deixar rastro algum de seu paradeiro.

Desgostoso da situação, percebi, no entanto, que nada poderia fazer. O remédio era aguardar, e foi o que fiz. Matagorda era então uma povoação insignificante. A baía era formada por terra baixa, que mais poderia chamar-se pântano, e a febre por ali grassava. Tudo isto me fazia desejar partir o quanto antes daquela cidade.

O "hotel" onde me alojei, era parecido com uma hospedaria alemã de terceira ou quarta classe. O quarto parecia-se com o camarote de um barco, e a cama era tão pequena, que meus pés ficavam para fora.

Depois de me acomodar o melhor possível, saí para um reconhecimento, e caminhava lentamente por uma rua quando, ao virar em uma esquina, esbarrei violentamente com alguém.

— Raios! — disse o homem, indignado. — Antes de correr desta maneira, olhe onde coloca os pés, homem de Deus...

— Se chama correr isso que faço — disse rindo — o senhor deve comparar uma ostra ao correio de Mississipi.

O transeunte deu um passo para trás, mediu-me dos pés a cabeça e exclamou:

— Ora, ora, temos aqui o ingênuo alemão, que não quer confessar que é detetive! O que o senhor está fazendo no Texas, e em Matagorda?

— Não o estava procurando, certamente, senhor Death.

— Isso eu já sabia. Parece-me que o senhor é desses que não encontram nunca o que busca, e tropeça com tudo que não quer ver. Venha, vou levá-lo a um local onde tem uma boa cerveja. A bebida nacional de vocês está se popularizando perigosamente, e já está até no curral de vacas. Creio que é o único bem que sai de sua terra... Onde está hospedado?

— Estou no "Uncle Sam".

— Ali tenho também meu "wigam", como o chamam os índios.

— E certamente é um quarto contíguo ao meu. Vi uma sela e arreios por lá.

— São meus. Um cavalo pode-se comprar em qualquer lugar, mas bons arreios, não! Por isso os levo sempre comigo.

Fomos a uma taberna na qual vendiam cerveja engarrafada, muito cara. Éramos os únicos fregueses. Ofereci-lhe um cigarro, ele recusou. Old Death tirou do bolso tabaco prensado e cortou um pedaço, que certamente daria para quatro marinheiros. Começou a mascá-lo, enquanto dizia:

— Que bons ventos o trazem aqui, amigo?

— O vento não foi bom, e sim muito ruim.

— Então, não pensava o senhor em vir para estes lados?

— Nem remotamente. Dirigia-me a Quintana, porém, como não havia transporte para lá, fui obrigado a parar aqui, esperando por um barco. Mas não vai sair nenhum pelos próximos dois dias.

— Paciência, senhor. Eu também perco tempo por ser tão tolo. Queria ir para Austin e agora é a época certa. Não sei se o senhor sabe que se tem que esperar que a água suba, para poder navegar pelo rio Grande, e agora, o Colorado está subindo.

— Ouvi falar de uma barra que dificulta a navegação.

— Não é uma barra, e sim uma enorme barreira, formada por um monte de barro, troncos e restos de plantas, que impedem a passagem de navios de grande calado. Então, temos que ir até esta barreira à cavalo. Passado este obstáculo, o rio é caudaloso o suficiente para navegar-se bem. E eu me entretive tanto bebendo cerveja que, quando alcancei a barreira, o barco já havia passado. Agora, tenho que esperar que saia outro. E o senhor?

— Pois me disponho a consolar-me ao seu lado, de toda a má sorte que anda me perseguindo.

— Alto lá! Eu não estou perseguindo ninguém. O que me enraivece é lembrar-me de um tipo que ficou rindo e caçoando ao ver-me na orla, impedido de embarcar. Se torno a encontrá-lo, não escapará de uma boa bofetada. Bom, será a segunda, na verdade, já que no navio já havia lhe dado uma.

— Brigou com alguém, senhor?

— Não, jamais brigo com alguém, porém, de vez em quando, algum tolo resolve me tirar do sério. Este, de quem lhe falo agora, não fazia mais que rir-se de mim no navio, e cansado de tanta hilaridade, perguntei-lhe do que se ria tanto. Respondeu-me que era da minha figura, e então lhe dei um soco que derrubou-o ao solo. Sacou o revólver, mas o capitão interveio e me deu razão. Tenho pena do acompanhante deste tolo. Via-se que era um cavalheiro.

Aquelas palavras me despertaram a atenção.

— Um cavalheiro, o senhor disse? Sabe, por acaso, como se chamava?

— Sim, eu sei, porque ouvi o capitão conversando com ele. Chamava-se Ohlert.

— E seu companheiro? — perguntei esperançoso.

— Gibson, creio...

Dei um salto, tomado de grande nervosismo. Ia continuar minhas perguntas, quando meu amigo me disse, astuciosamente:

— Está passando mau, senhor? Ou está tendo um ataque de loucura? Está tremendo como uma folha de árvore. Que aconteceu?

— Acaba de dar-me notícia dos indivíduos a quem procuro desesperadamente há dias. Porém, disseram que iam à Quintana, e não a Matagorda...

— Disseram isso, certamente, para despistar. Mas em Quintana, não saíram nem para passear. E agora, se o senhor não quiser continuar cometendo erros, diga-me o que se passa e quem sabe eu possa ajudá-lo em algo?

Old Death havia se afeiçoado a mim, e sentia que eu

apreciava sua companhia. Estava profundamente envergonhado dos meus sucessivos fracassos neste caso. Meu amor-próprio me fazia resistir a contar tudo, mas apelando para o bom senso, tirei os retratos do bolso, mostrando-os ao meu companheiro.

— Antes de continuar, olhe bem para estes dois retratos. São estes os homens que viajaram com o senhor?

— Sim, não há dúvida. São eles.

* * *

Então lhe contei toda a história, e Old Death me escutou gravemente. Quando terminei, me perguntou:

— Este Ohlert, está completamente desequilibrado?

— Não o creio. Não entendo desse tipo de enfermidade, mas creio que se trata apenas de uma monomania. Tirando essa obsessão que tem em tornar-se poeta, no mais é perfeitamente sensato.

— Sendo assim, entendo cada vez menos como Gibson logrou ter tanto poder sobre ele. Ohlert o obedece e o segue como se fosse sua sombra. Certamente, Gibson soube como conquistar sua confiança, e explora esta situação muito bem. Porém, ajustaremos as contas em momento oportuno. Que pensa o senhor em fazer?

— Segui-los, sem perder um minuto.

— Tenha paciência, pois não haverá navios partindo pelos próximos dois dias.

— Eu sei, mas...

— Escute: eles também estão detidos pela mesma causa que o senhor. Não saia correndo atrás deles, mas sim, utilize a astúcia para caçá-los no momento certo, e apareça onde eles menos esperam.

— Mas se ao menos soubesse o que planeja Gibson!

— Essa é a chave do enigma, amigo.

— Aonde estará ele levando o infeliz William?

— Indubitavelmente, pelo que o senhor me contou, este pilantra já recolheu dinheiro suficiente para aposentar-se. Se não o fez, e ainda leva consigo esse infeliz, é porque quer algo que ainda não está claro. Quer algo mais ou pensa levar a exploração até o fim.

— Minha missão torna-se cada vez mais complexa. A todos os meus movimentos, conseguiram escapar por entre meus dedos, até agora.

— Se formos dois, quem sabe lhes resulte mais difícil. Como faremos o mesmo caminho, me coloco a sua inteira disposição. Se lhe interessa minha ajuda, é claro.

— Muito obrigado. Aceito sua ajuda sem hesitar.

Apertamos as mãos e esvaziamos os copos. E durante um momento permanecemos em silêncio, sem que tivéssemos vontade de dizer nada um ao outro, ensimesmados em nossos próprios pensamentos. Eu fumava, e Old Death cuspia fora o pedaço de tabaco que começara a mastigar quando começamos a conversa.

O caso de William Ohlert me traria muitas dores de cabeça, certamente. Disso já começava a ficar seguro. Gibson era esperto e conhecia bem o terreno. Caçá-lo nestas condições seria muito difícil.

Os Desordeiros

1.

Já ia propor a meu novo amigo que saíssemos dali, quando ouvimos vindo da rua uma enorme algazarra. Um grupo de homens, gritando e rindo ruidosamente, e com jeito de haverem ingerido mais álcool do que o recomendado, entraram na taberna.

Nenhum deles parecia estar em seu juízo normal. Estavam vestidos com roupas adequadas para outro clima, pois eram muito leves, os rostos eram embrutecidos e as expressões grosseiras. Porém, todos levavam armas esplêndidas, que chamavam a atenção. Todos traziam espingarda, faca e revólver. A presença do terrível chicote negreiro e de cães de caça, seguros por correntes que cada um deles segurava, indicava que aqueles homens haviam se dedicado, durante anos, à perseguição de escravos fugidos.

Aquela ralé parou, olhando-nos fixamente, na maior insolência, sem nos saudar. Logo se atiraram nas cadeiras, puseram os pés sobre a mesa, golpeando-a com os saltos, indicando ao taverneiro que queriam ser servidos.

Quando o pobre homem se aproximou para ver o que queriam, um deles gritou:

— Tem cerveja alemã?

O assustado taverneiro conseguiu apenas assentir com um movimento de cabeça.

— Pois trate de trazê-la. És alemão?

— Não.

— Tem sorte. A cerveja alemã pode até ser boa, mas os alemães! Ao inferno com eles! Ajudaram o Norte a ganhar esta maldita guerra e agora nos deixaram sem trabalho...

O taverneiro afastou-se logo, disposto a servir o quanto antes tão distintos fregueses.

Eu me virei para olhar quem estava falando tão alto, e ainda que meu movimento fosse quase que involuntário, e sem segundas intenções, o sujeito interpretou-o mal, pelo visto. Fosse pelo que fosse, o caso é que gritou furiosamente:

— Que foi? Por que está me olhando?

Voltei à minha posição anterior, sem responder, porém ele, sob os efeitos da embriaguês, insistiu:

— Acaso não digo a verdade? Somos homens honrados e ficamos sem trabalho...

Old Death me disse baixinho:

— São feitores, e ficaram sem emprego desde que aboliram a escravidão. Sem dúvida se reuniram por aqui e devem começar a cometer toda espécie de tropelias.

— Pelo que vejo, deve ser.

— Pois tratemos de não provocá-los. Acabemos nossa cerveja e partamos.

* * *

Apressamo-nos em terminar nossa bebida, enquanto o taverneiro trazia a cerveja para o grupo. Começaram a beber e, como já estavam completamente bêbados, aquilo serviu apenas para alegrá-los ainda mais. Acabaram derramando ao solo toda a bebida.

O que falava mais alto, gritou:

— Não desperdice no chão. Esses dois ali parecem sedentos, e vou lhes servir um trago.

E sem demora, pegou um copo cheio e derramou-o em nós. Senti o líquido escorrer pela minha cabeça, e ombros. Old Death, dando mostras de grande serenidade, se limitou a limpar-se sem dizer nada. Porém, a mim havia tocado a pior parte, e não iria deixar barato aquela provocação.

— Não repita a brincadeira — disse eu ao fanfarrão. — Se quer se divertir, aí estão os seus companheiros, deixe-nos em paz.

— Verdade? Que fará se eu o molhar de novo?

— Você verá.

— Ora, vamos conferir isto! Taverneiro! Traga mais cerveja...

Old Death me aconselhou outra vez:

— Deixe estar. Não se meta com esta gentalha.

— Tem medo? — perguntei, em voz baixa.

— Nem um pingo. Mas esta gente utiliza as armas e os cães com destreza. Contra uma bala traiçoeira, não há valentia que sirva.

— Tem razão.

Ao responder-lhe, permaneci sentado, de costas para a parede, pois não queria ver-me atacado pelas costas. Tinha o lado direito livre, e a arma preparada, pois achava que aqueles tipos não lutariam, e sim soltariam algum dos cães contra mim. E não queria ver-me entre os dentes daquelas feras, que deveriam ter estraçalhado muitas pessoas.

2.

O taverneiro demorava em servir a cerveja, sem dúvida para nos dar tempo de pagarmos a nossa bebida e sairmos. Porém eu não estava disposto a deixar as coisas neste pé, primeiro porque aquela gentalha certamente nos seguiria, e depois porque estava convencido de que, como todos os valentões, aqueles tipos eram uns covardes.

Meti a mão no bolso e preparei o revólver. Já havia lutado contra cães, e sabia como defender-me deles, porém, ali haviam seis. Nisto apareceu o taverneiro com a bebida, e disse em tom suplicante:

— Senhores, sua visita me é muito grata, mas lhes rogo que não molestem os outros fregueses.

— Cale-se! — gritou o valentão. — Atreve-se a dar-nos lições de bons modos? Verá como te damos ouvido!

E um dos copos de cerveja caiu sobre o pobre taverneiro, que tratou de escapulir.

O fanfarrão preparou então um copo de cerveja e atiçou o cachorro. Disposto a lançar ambos sobre mim, gritou:

— Agora vamos ao herói ali.

Levantei-me de um salto e me esquivei da cerveja facilmente. Quando ao cachorro, este lançou-se sobre mim, porém só encontrou a parede, contra a qual bateu, caindo tonto ao chão.

Rapidamente me inclinei e o apanhei pelas patas. Atirei-o contra a parede e o animal caiu morto, com a cabeça quebrada.

Então se armou um barulho indescritível. Todos falavam ao mesmo tempo e pareciam dispostos a esfolar-nos vivos. Foi então que Old Death gritou, com voz firme:

— Basta de tumulto, rapazes!

Tinha um revólver em cada mão, e havia se levantado, exibindo toda sua altura. Seus olhos enérgicos brilhavam de tal maneira, que era muito difícil atrever-se a dar um passo adiante, vendo-o naquele estado.

Eu também saquei minhas armas. Tínhamos quatro revólveres prontos para o disparo, e o bando de fanfarrões logo viu que não só dispararíamos, como também

acertaríamos o alvo. Para acabar de convencê-los, Old Death gritou:

— Estão muito equivocados se acham que não sabemos nos defender. Eu sou Old Death, e este cavalheiro é meu amigo, que tampouco é incapaz. O melhor é que se calem, divirtam-se tranqüilamente e não nos molestem. Não tentem sacar o revólver, senão eu atiro.

Ele dizia isso dirigindo-se a um deles que havia feito um tímido movimento de sacar a arma. Ao escutar a voz de Old Death e ver nossa disposição, tudo se acalmou como que por encanto. Cabisbaixos e desgostosos, voltaram a sentar-se, e o dono do cão morto não se atreveu nem a ir ver seu pobre animal, pois para isso teria que passar do meu lado.

Era engraçado ver a quietude que havia envolvido aqueles fanfarrões. O silêncio durou alguns instantes, e só foi quebrado com o abrir da porta, que dava passagem a um índio.

Fiquei surpreso ao vê-lo, me levantei e estive a ponto de correr para abraçá-lo.

Era Winnetou, meu irmão de sangue, o Grande Chefe dos Apaches, que em tantas ocasiões havia compartilhado comigo o pão e o sal, naquelas pradarias selvagens que eu já havia percorrido há algum tempo.

3.

Winnetou usava um colete de pele branca, bordado em vermelho. As luvas também eram parecidas, e os fechos eram feitos de pêlo negro. Calçava mocassins índios, bordados com miçangas, e em todo o seu traje se percebia uma limpeza extrema. O cabelo, negro e lustroso, estava amarrado com uma tira de pele de serpente.

Não trazia a pena de águia, insígnia de cacique, nem nenhuma outra que denotasse sua posição. Porém, no formoso cinturão de Saltillo que lhe rodeava a cintura, via-se o punho de uma faca e a culatra de duas pistolas. Na mão levava uma espingarda de dois canos, cuja culatra estava guarnecida com dois grossos pregos de prata.

Todo ele denunciava o chefe, o guerreiro de linhagem que havia conquistado sua fama através de batalhas. Ao entrar, ficou parado na porta, encarou a todos e não deu mostras de conhecer-me. Voltei a sentar-me.

Sentou-se distante de nós, porém os feitores o fitavam sinistramente. Em voz alta, chamaram o dono do estabelecimento.

Este, ao perceber o silêncio que havia caído no local, colocou a cabeça pela porta, para se inteirar do que se passava. Ao ver um novo freguês, se apressou em sair e aproximar-se.

— Dê-me um copo de cerveja alemã — pediu Winnetou em excelente inglês e com voz sonora.

Quando o taverneiro lhe levou a bebida, o jovem índio a mirou contra a luz, provou-a e disse:

— Bem. O grande Manitu ensinou aos homens várias coisas, porém uma das mais importantes foi a fabricar cerveja.

Desejando saber se meu companheiro conhecia o chefe apache, lhe perguntei baixinho:

— Você o conhece?

Old Death fez um sinal afirmativo.

— Conheço seu caráter, sua raça, e sobretudo, sua espingarda. É a famosa espingarda de prata, que não falha nunca. O senhor tem a sorte de estar diante de um dos índios mais famosos de toda a América Setentrional.

* * *

Old Death olhou-o por um momento, com ar pensativo, e prosseguiu sua descrição.

— É uma pessoa honrada e respeitada entre os índios. É justo, sincero e leal. Sua fama corre solta e é personagem de muitas lendas contadas pelos "wingams". Maneja qualquer tipo de arma com destreza, e defende o fraco e o necessitado, seja quem for. É conhecido por todo os Estados Unidos, como um herói do Oeste.

— Fala muito bem o inglês, e tem os modos de um cavalheiro europeu.

— Freqüenta muitas cidades do Este. Dizem que um cientista europeu caiu prisioneiro dos apaches, afeiçoou-se a ele, e não partiu mais, dando a Winnetou a mais refinada educação que um jovem pode receber, seja onde for.

Old Death dizia isso em voz tão baixa que eu quase não entendia, e Winnetou parecia não escutar nada do que se passava ao seu redor. Porém, meu novo amigo disse:

— Dizem que o sábio europeu, no entanto, não conseguiu disseminar seus ensinamentos entre o restante da tribo, e morreu como todos morrem por aqui...

Então, o chefe índio virou-se para Old Death, e com voz pausada e grave, disse:

— Old Death está enganado. O sábio europeu que esteve entre os apaches viveu honradamente e morreu cercado pelo nosso carinho. Um monumento marca o lugar onde repousa, nas verdejantes planícies de Manitu. Quando chegar a hora de Winnetou partir, ele irá correr para abraçar o grande amigo e professor, e esquecerá todo o ódio que viu sobre a terra.

Ditas estas palavras, com uma expressão inalterada, voltou-se outra vez para sua bebida, contemplando-a pensativamente.

Old Death ia dizer-me algo, mas um novo incidente veio chamar nossa atenção, de novo, para o grupo de feitores, que estavam a cochichar até então.

Um grupo desta espécie contamina qualquer ambiente em que se encontrem. Eu não me interessava por eles, e procurava agir naturalmente, sem conseguir meu intento, todavia. Sentia-me incomodado. E o momento de livrar-me deste incômodo estava a ponto de acontecer.

Na verdade, estes momentos podem ser extremamente desagradáveis, e por nada deste mundo eu o teria provocado. Mas a presença de meu amigo Winnetou voltou a acender a chama da discórdia.

4.

Aqueles velhacos haviam tramado algo, sem dúvida alguma. Queriam descontar a raiva causada pela derrota inesperada imposta por nós, no jovem índio.

O mesmo que havia me provocado se levantou e dirigiu-se a Winnetou. Eu ia sacar meu revólver do bolso, porém Old Death disse num sussurro:

— Deixe. O chefe indígena dará conta desta gentalha facilmente.

O homem plantou-se na frente de meu irmão de sangue e, cruzando os braços, disse:

— Que procura em Matagorda, vermelho imundo? Aqui não toleramos selvagens.

Winnetou nem lhe respondeu. Tomou um gole de cerveja e o encarou serenamente. O outro, encolerizado, tornou a gritar:

— Está surdo? — insistiu o turrão, com a voz pastosa de bêbado. — Sem dúvida é partidário de Juárez, esse homem de sua raça que pretende governar por aqui. Porém, somos do partido do imperador. Vamos... grita comigo: Viva o Imperador!

No silêncio que se seguiu após esta provocação, eu podia ouvir os batimentos de nossos corações. De repente, a voz de Winnetou se fez ouvir com tal força, que se assemelhava a um trovão:

— Para trás! — gritou. — Um coiote não pode uivar perto de mim.

O coiote é o lobo dos pampas. É traiçoeiro e mesquinho. Seu nome significa um insulto entre os índios.

— Coiote? — exclamou o valentão, chiando. — Isso é um insulto que te custará caro.

O homem teve tempo ainda de sacar o revólver, porém o que aconteceu em seguida foi por demasiado rápido e inesperado para todos. Explicarei o mais brevemente possível.

A arma saltou pelos ares, graças a um hábil golpe que Winnetou desferiu no braço do covarde. Logo, meu irmão de sangue agarrou o canalha pela cintura, o levantou como se não pesasse mais que um fiapo de palha e o lançou contra a janela, que se fez em cacos. E logo o valentão estava estirado na rua. Feito isso, Winnetou gritou:

— Tem algum outro que queira seguir o mesmo caminho?

Ninguém respondeu, porém, ao falar, o índio havia se aproximado de um dos cães, que tentou mordê-lo. Recebeu um tal pontapé que se retirou para um canto, ganindo de dor.

* * *

A garbosa figura de Winnetou parecia dominar toda a cena. Ninguém ousava pronunciar palavra, como se não quisessem romper o encanto daquele momento em que o jovem índio mais parecia um domador que, ao entrar na jaula, houvesse feito todas as feras se recolherem.

De repente, a porta abriu-se e o valentão entrou taberna adentro. Havia conseguido se levantar, e tinha a cara toda arranhada por causa dos vidros da janela rompida em sua queda. Vinha cego de ira e trazia uma faca na mão. Atacou o índio, que se manteve firme como uma rocha.

Novamente, Winnetou agarrou-o pela cintura, num movimento que o pegou completamente desprevenido. Desta vez, o índio levantou o rapaz até o alto e o deixou cair no chão, onde o valentão ficou caído sem sentidos. Seus companheiros não haviam se movido de onde estavam, e nem tinham dito uma palavra.

Winnetou voltou tranqüilamente para sua mesa, pegou o copo e tomou mais um gole de cerveja. Logo acenou para o taverneiro, pedindo que se aproximasse. O homem, bastante assustado, obedeceu.

Todos miravam meu irmão, que pegou uma bolsa de couro e de lá tirou um pequeno objeto amarelo. Deu-o ao taverneiro e lhe disse, com voz clara e tranqüila:

— Obrigado pela bebida, sr. Landloord.

Os feitores contemplavam o índio calados, e assim que ele partiu, viraram-se para o taverneiro. A curiosidade era maior que o rancor e o despeito que sentiam pelo índio, e eles perguntaram:

— O que o índio te deu, taverneiro?

— Uma pepita de ouro que vale, pelo menos, vinte dólares. Eu saí no lucro, já que a janela estava com os vidros todos rachados. Agora, poderei pôr uma nova.

A pepita passou de mão em mão. Era do tamanho de uma avelã, e de um ouro puríssimo. O taverneiro prosseguiu:

— Tinha a bolsa cheia. Pagou-me muito bem pelo incidente.

Quanto a nós, aproveitamos a distração geral para pagarmos e sairmos dali. Lá dentro continuou a algazarra daqueles patifes, que miravam a pepita contra a luz, de todos os ângulos possíveis.

5.

Outra vez na rua, Old Death começou a falar pelos cotovelos. Parecia estar contente por ter presenciado a atuação de meu irmão de sangue na taverna.

— Vamos, amigo, não vai dizer nada sobre este índio? É um homem magnífico. Alegro-me em tê-lo visto agindo. E esta gentalha, que se acovarda quando se encontra frente a frente com um homem. Bando de patifes! Alegro-me que tenham recebido uma merecida lição. Uma pena que o índio tenha ido embora tão depressa.

Estávamos diante de nosso hotel, e eu achava que já íamos entrar, quando Old Death exclamou:

— Já vamos entrar? Eu prefiro o ar puro. Não gosto de me meter entre quatro paredes sem necessidade. Vamos dar uma volta por aí, ver o que está acontecendo nesta deliciosa cidade de Matagorda...

Já começávamos a caminhar, quando Old Death parou e me encarou.

— Bom — disse, com certa malícia — isso a menos que queira jogar uma partida de cartas.

— Não sou jogador — repliquei, — e não penso em me tornar um.

— Justo, porém, não se esqueça que aqui todo mundo joga. A situação está confusa, e as pessoas querem esquecer que não existe segurança.

Enquanto andávamos, meu companheiro monologava em voz alta.

— Os acontecimentos no México tiveram muitas implicações sobre o rio Grande, e por todo lado estão ocorrendo coisas que não estavam no programa. E não se esqueça que nosso amigo Gibson, pode ter o capricho de seguir por estes lados, o que nos obrigará a fazer o mesmo. Se lhe der na telha abandonar o navio e saltar em terra, teremos que fazer o mesmo.

— Como saberemos se ele desembarcou?

— Perguntando. O vapor não tem pressa em retornar ao Colorado. Aqui não há a urgência que se verifica no Mississipi. Em todas as paradas nos dão um quarto de hora para descer e perguntar, e assim que encontrarmos o rastro do patife, o seguiremos. Também é possível que desçamos em algum lugar em que não haja povoado, nem abrigo.

— Porém, onde iremos sem nossa bagagem?

Old Death começou a rir.

— Bagagem! Isso são restos de uma era diluviana. Que homem de bom senso leva consigo tal estrupício? Se eu tivesse ido em busca de tudo que é supérfluo para se viver, não estaria onde estou. Leve o senhor o necessário para viver, amigo, e não se preocupe com o resto. O Texas não é lugar para um cavalheiro vestido como o senhor, com essa elegância própria para um teatro, ou o salão de uma dama.

Eu queria justificar-me, protestar, mas Old Death não o permitiu:

— Acaso tem você idéia de qual lugar Gibson pode nos levar? Não, não é verdade? Pois tenha certeza que esse pilantra não deseja estar no Texas por muitas razões, e uma delas é que aqui o senhor encontra polícia e justiça capazes de lhe ajudar. Esse homem irá para o

México, onde está tudo de cabeça pra baixo, e ali desaparecerá como fumaça, sem que haja maneira de encontrá-lo.

— O senhor tem razão, porém, creio que se ele quisesse realmente ir para o México, teria procurado um porto mexicano.

— Não, homem, não! O pobre teve que sair em disparada de Nova Orleans e aproveitou o primeiro barco que partiu. O senhor pensa em segui-lo nestes trajes finos e com este aspecto de cavalheiro? Necessita de uma roupa forte, boa para o campo. Tem dinheiro?

— Sim, tenho.

— Então, venha comigo. Vamos procurar o que lhe faz falta, para chegar até onde nosso amigo Gibson queira nos levar.

* * *

Old Death me pegou pelo braço com evidente satisfação, e quase me arrastou rua abaixo. Andava apressadamente, como se a rua estivesse em chamas, em direção a um armazém, onde uma placa indicava: "Suprimentos para qualquer necessidade". Na porta, Old Death me deu tal empurrão, que me fez entrar estabelecimento adentro como um projétil.

Não me aborreci. Tinha certeza que meu amigo não se dava conta de como suas atitudes eram algo bruscas. Estava tão satisfeito, que parecia remoçado e menos seco, do que quando o conheci dias antes.

Eu já começava a me acostumar com seu jeito de ser, e até enxergava nele qualidades que poderiam passar desapercebidas num primeiro contato.

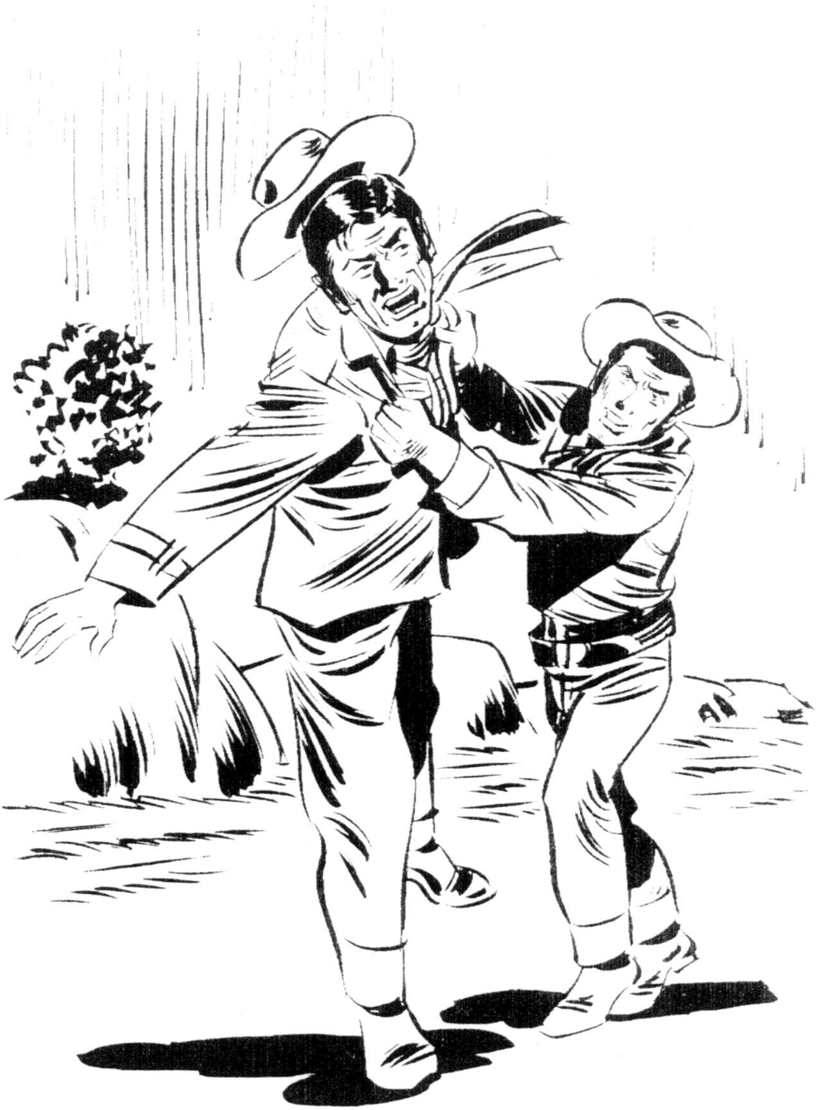

6.

A placa do estabelecimento não mentia. Ali havia tudo que se possa necessitar nesta latitude. Meu amigo voltou-se para o dono e disse:

— Necessitamos de uma roupa decente para este senhor, porém, como ele tem muitas outras no hotel, estamos dispostos a fazer uma troca. Aceita?

— Homem!

— Diga sim ou não. Rápido, que temos pressa. Quer dar-lhe o que necessita por tudo o de inútil que ele tem?

— Teria que ver.

— Está bem. Que mande buscar a bagagem deste senhor, então.

E demos o endereço do hotel, e ordem para que deixassem pegar meu baú. Enquanto este não chegava, começamos a escolher o que queríamos.

— Isto lhe bastará — disse Old Death, mostrando-me uma calça de couro, botas de cano alto, blusa de lã vermelha, um casaco de pele de cervo e um cinturão onde caberiam todas as minhas armas.

O bom Old escolheu também um chapéu, um poncho, o laço e a sela de montar com os arreios correspondentes. Logo disse:

— Agora, vamos às armas.

Havia muitas e modernas, porém, o caçador nem as olhou. Aproximou-se de um antigo rifle, do qual eu não teria feito o menor caso, e o apanhou. Olhou-o com ar de entendido, o carregou e saiu para fora.

Apontou para o telhado de uma casa distante e disparou, voltando-se satisfeito.

— É um bom rifle, obra de um mestre armeiro de primeira. Espero que em suas mãos faça maravilhas. Vale muito mais que toda essa quinquilharia moderna que está aí...

E falando assim, apontava desdenhosamente as armas modernas. Não me atrevi a discutir com ele. Naquele momento chegou o meu baú. O dono do armazém levou um bom tempo examinando o que havia lá, mas terminada a negociação, me vesti com as roupas que meu amigo havia escolhido para mim, e me senti à vontade. Ao ver-me, Old Death disse:

— Muito bem. Já fizemos o mais importante. Agora, vamos arranjar um molde para balas e projéteis, que com ele faremos tal quantidade de munição que vamos conquistar o México sozinhos.

E, depois de providenciarmos mais isto, saímos. Old Death continuava alegre, em seus elogios.

— Vamos, que fizemos um grande negócio, é verdade. Qualquer pessoa sensata dirá que você é um cavalheiro que sabe o que faz. E o que pensam os insensatos, isto não é do nosso interesse.

Eu não tinha outro remédio senão seguir a correnteza e levar a sela nas costas até o hotel, enquanto ele caminhava alegremente ao meu lado. Ao chegar, foi para o seu quarto, e deitou-se tranqüilamente. Eu deixei minhas novas aquisições no quarto, e fui em busca de meu irmão de sangue.

Queria ver se encontrava Winnetou. Achara estranho o papel que ele havia desempenhado na taverna, e sabia que ele não iria embora de Matagorda sem falarme. Não lhe seria difícil saber onde estávamos, e eu estava convencido que o encontraria facilmente.

Estava certo sobre meu irmão de sangue, meu querido amigo Winnetou, cujo amor por sua irmã Nsho-Chi, havia sido tão grande como o afeto que eu sentia pela bela donzela índia, morta na flor da juventude em meus braços. Aquele amor nos havia unido de maneira indelével, e eu estava certo de que Winnetou queria ver-me antes de partir.

E assim foi. Vi o chefe índio apoiado em uma árvore a menos de cem metros do lugar onde estava. Quando me avistou, começou a andar lentamente em direção ao bosque, e eu o segui.

Uma vez estando encobertos pela vegetação espessa, ele virou-se para mim, com o rosto radiante de alegria.

— Charlie, meu irmão querido! — me disse, com tanta alegria que eu corri a abraçá-lo. — Que alegria tive ao vê-lo aqui!

— O som da sua voz é música para mim — lhe respondi.

Abraçamo-nos. Logo procuramos um lugar onde pudéssemos sentar, pois tínhamos muito o que contar um ao outro.

— Que tal foi pelo Este? Como é que o encontro em Matagorda? Está indo para Pecos?

Expliquei-lhe tudo o que havia me acontecido, desde que havíamos nos separado, e ele me escutou silenciosamente. Ao terminar, me disse:

— Se meu irmão tivesse querido viver entre os apaches, não iria precisar disso que vocês chamam de dinheiro. Diga-me, Charlie, não virá comigo, como queria Nsho-Chi?

— Agora não posso, Winnetou. Tenho que devolver um filho a seu pai e castigar um bandido.

— Compreendo. Porém, espero que algum dia se lembre daqueles que te amam e venha pra nós.

— Eu prometo. E você, o que faz por aqui?

— Não posso dizê-lo, nem mesmo para você. Diga-me, quem tem razão, Napoleão ou Juárez?

— Juárez.

— Me alegra tua resposta. Meu silêncio, irmão, se relaciona com ele, por isso não posso falar. Dei minha palavra de honra. E além do mais, não quero te envolver nisto. Te vi em companhia de Old Death e por isso não quis falar-te.

— Para onde vai?
— Vou a La Grange, e dali a Forte Inge. Logo atravessarei o rio Grande do Norte.
— Poderemos fazer parte da viagem juntos. Amanhã embarcaremos.
— Não. Não quero envolver-te nisto. Old Death sabe quem tu és?
— Não. Não alardeei meu velho nome de guerra.
— A surpresa que ele terá! Deve tratar-te como novato, não?
— Sim. E se mostra muito satisfeito com isso.
— Deixa-o rir um pouco. E quanto a nós, irmão, prossigamos nosso caminho. Eu até Forte Inge, tu até onde te leve a sorte.

Despedimo-nos respeitando eu seu segredo, ainda que o adivinhasse. Depois de um forte abraço, em que pusemos toda a nossa alma, nos separamos. Eu me dirigi ao hotel para descansar, e não voltei a ver Old Death aquele dia.

7.

No dia seguinte, Old Death e eu fomos buscar duas mulas para levar as selas e cavalgar com eles até o cais. Uma vez ali, recolhemos nossos apetrechos e nos dispusemos a embarcar.

No momento de cruzar a passarela que unia o navio à terra, uma voz rascante gritou:
— Chegaram mulas de duas patas, com selas e tudo. Coloquem-nos ao fundo, para que não se misturem com os cavalheiros.

Sem levantarmos os olhos, já sabíamos quem era o

autor da provocação. Olhei para Old Death, e ao ver que ele seguia tranqüilamente, optei por fazer o mesmo. Buscamos um lugar para nos acomodarmos, e colocamos as selas debaixo de nossos assentos, que estavam em frente daquela chusma. Vi quando Old Death armou o revólver, engatilhou-o e o colocou ao seu lado, ao alcance de suas mãos. Eu fiz o mesmo, e os turrões não se atreveram a nos incomodar mais.

Quando já tinha sido dado o primeiro aviso de saída, apareceu Winnetou. Montava um soberbo cavalo índio, negro como a noite, do qual desmontou para entrar no barco. Uma vez no convés, desceu sua montaria para a proa, onde estava o lugar destinado aos cavalos, e lá ficou, imóvel, contemplando. Mas os feitores o olhavam de soslaio e cochichavam entre si.

Nossa viagem parecia começar bem. Durante algum tempo, só se ouvia o burburinho típico de lugares cheios. Winnetou continuava em seu lugar, imóvel como uma estátua índia, os feitores procurando fazer amizade com os passageiros, que se afastavam deles e de nós também, observando uns e outros.

Ao chegar, o cobrador nos perguntou onde íamos, e Old Death disse, tranqüilamente::

— Para Columbus.

Como eu estranhasse um pouco a resposta, meu companheiro percebeu, e me disse em voz baixa:

— Se não ficarmos por lá, é só pagarmos e continuarmos a viagem.

O raciocínio era bom, e não tocamos mais no assunto. Winnetou, apoiado em sua espingarda de prata, parecia não ver nem ouvir nada. Os feitores continuavam cochichando, e nós, de nossa parte, tentávamos nos distrair da monotonia que é uma viagem por rio.

Na primeira parada, alguns passageiros desceram, e subiram muitos mais. Os feitores começaram a buscar simpatia ao proclamarem, aos gritos, sua indignação pela abolição da escravidão. Ninguém lhes fazia caso, e todos procuravam afastar-se deles, o que aumentava nossa tranqüilidade, pois se aqueles tipos quisessem nos atacar, o teriam que fazer por si mesmos, sem contar com a ajuda dos outros passageiros. Assim chegamos a Columbus, já no meio da tarde.

Old Death desceu para inquirir sobre os nossos perseguidos, e tornou a subir fazendo um gesto negativo. Como iríamos prosseguir viagem, procurei o cobrador para pagar o prolongamento de nossa viagem.

Enquanto o procurava, percebi que a situação havia mudado. Em Columbus, haviam subido muitos passageiros, porém mais turbulentos e mal-humorados. Um bando de exaltados e mal-encarados se uniu de pronto aos feitores, e quando voltei para onde me aguardava Old Death, compreendi que a situação havia mudado para nós.

— Teremos que tomar alguma atitude — me disse Old Death, que media cuidadosamente cada gesto daqueles tipos. — Isto está me cheirando mal, não só pra nós, mas para o chefe indígena também.

Naquele momento apareceu um negro corpulento, que fazia parte da tripulação e estava encarregado da cantina. Procurava o capitão, e quando o encontrou, começou a queixar-se aos gritos:

— Estou inquieto — dizia o negro, espaventado. — Ele baterem no pobre negro e fazerem sinal de enforcar. Eu não fazer nada, mas...

— Acalme-se — disse o capitão, energicamente, examinando a situação. — Vou colocar isto em pratos limpos...

Nisto o cobrador se aproximou e disse algo ao capitão. Este se voltou e nos encarou. Old Death não tirava os olhos dos feitores, e parecia não prestar atenção no que falavam o capitão e o cobrador. Eu me levantei para ir encontrá-los, e ouvi o que o cobrador dizia:

— ... Dizem que são espiões de Juárez, e estão tratando de levantar o povo contra eles. Pelo visto, lhes fizeram algo e tentam se vingar.

— Temos que impedir isso — disse o capitão, enfaticamente.

— Cavalheiro — disse eu, interrompendo a conversação. — Trata-se dos feitores e suas tramóias sórdidas?

— Exatamente, senhor. Sabe de algo?

— Creio que sim. Ontem tivemos um encontro bastante desagradável. E o cacique apache que está ali, também teve que defender-se deles.

O capitão olhou a figura imóvel de Winnetou com ar preocupado. Logo voltou-se para mim.

— Está sozinho?

— Com meu amigo, aquele caçador magrelo.

— Vocês são tão espiões de Juárez quanto eu. Sou capaz de afundar o navio, para que essa gentalha nos deixe em paz.

— Espiões? Eu sou alemão e pouco me importa a política mexicana.

— Pois, então, amigo, somos compatriotas. Batizaram-me nas águas do Rhin, imagine você. Vou dar um jeito nesta situação agora mesmo. Atracarei perto da orla, e vocês...

Old Death estava do meu lado, e disse em tom seco:

— Nada disso. Necessitamos chegar hoje mesmo ao nosso destino.

O capitão nos olhou sem nada dizer, e se afastou a passos largos, aproximando-se de Winnetou. Disse-lhe algo, e meu irmão de sangue moveu a cabeça com um gesto negativo. O capitão voltou então para onde estávamos, muito contrariado.

— Que teimosos são todos vocês! Não sei como vou acertar isto.

— Pois nada tem que fazer — disse ainda mais secamente Old Death. — Essa canalha está disposta a arrumar uma boa briga.

— Já percebi — disse o capitão, com a mesma secura de meu amigo. — Vou fazer algo, mas lhes peço que escondam estas armas e adotem uma resistência passiva. Por favor, façam o que lhes digo...

Não tivemos tempo de discutir o caso. Os revoltosos saíam da cantina e se encaminhavam em nossa direção, e estávamos desarmados. Vi o capitão dar ordens rapidamente a todo mundo, e os passageiros pacíficos se apressarem em recolher-se ao fundo do convés. Nós ficamos, então, à mercê daquela chusma.

— É este! — gritou o mesmo canalha que no dia anterior me agredira. — Este é o espião de Juárez. Ontem vestia-se como um cavalheiro, hoje como um campeiro. Disfarça-se para despistar-nos. Matou o meu mastim, e nesse entremeio ambos me ameaçaram com o revólver...

Haviam nos cercado de tal maneira, que não podíamos nem respirar. Old Death se continha para não começar a defender-se, porém o capitão não despregava o olho de nós, e aquilo nos tranqüilizava um pouco.

Bem pouco, certamente, pois aqueles tipos nos empurravam para a chaminé do navio. Esta tinha uns aros de ferro por onde passavam vários cabos. O lugar era propício para um enforcamento, e era isso que iria nos acontecer, se Deus não nos ajudasse.

O chefe do motim seguia vociferando:

— Estas pessoas são culpadas por toda esta situação. Se não houvessem pessoas assim, os Estados do Sul teriam triunfado. Mas agora...

— Que gritaria é esta, senhores? — disse então o capitão, detendo o grupo, que nem escutava nossos protestos.

— Cale-se! — disse brutalmente um dos amotinados. — Aqui não há ninguém que valha mais, e nós vamos fazer valer isto.

— Assim será, se eu o permitir.

— Quem o mandou aceitar espiões a bordo?

— Eu admito a qualquer um que pague a passagem e se porte como seja apropriado. Conduzo abolicionistas e anti-abolicionistas. Esta é minha política, e se os senhores não a seguirem, mando parar o navio e continuam os senhores a viagem a pé, mas não em meu barco.

A única resposta que o capitão recebeu daquela gentalha foram risos de chacota. Old Death fazia esforços inauditos para controlar-se, mas eu percebia que ele não conseguiria por muito tempo. A todo instante levava a mão à cintura, porém, à voz do capitão, que seguia falando com os amotinados, se continha. Voltou-se para mim, e disse em alemão:

— Tenhamos um pouco de paciência, mas se o capitão não se apressar, meto bala nestes safados.

O cabeça do grupo começou a vociferar:

— Estão vendo? Falam em uma língua estranha, para que não os entendamos. São alemães, esta chusma que tanto dano fizeram aos estados do Sul. Por que vieram ao Texas?

— Isso, isso! — gritava o populacho.

— Vieram espionar, para ajudar a este índio perigoso...

O cabeça interrompeu-se para escutar o que lhe dizia um dos comparsas, apontando Winnetou, que continuava parado no mesmo lugar. Eu não podia vê-lo, mas o que aconteceu a seguir, deixou a mim e a Old Death completamente livres e tranqüilos.

Os olhares daqueles odiosos feitores se dirigiram para onde estava o meu amigo apache. Dois homens se aproximaram de Winnetou e este, na maior tranqüilidade, agarrou um deles e o atirou ao rio. O outro recebeu um bom soco, e a gritaria foi espantosa. Winnetou se refugiou na casinhola do cobrador, por cuja janelinha assomou o cano da espingarda de prata.

— Temos que apanhar este homem — gritou o cabeça, vermelho de indignação, apontando para o comparsa que estava na água.

— Num momento — disse o capitão. — Desçam o bote de salvamento.

Todos observamos um marinheiro fazendo a manobra, e momentos depois o bote estava junto ao involuntário náufrago, que se mantinha à tona a custa de furiosas braçadas.

Eu fiquei sozinho com Old Death. O capitão se aproximou, sorrindo:

— Não se movam de onde estão, porém, quando os demais passageiros começarem a gritar, façam o mesmo. Vamos dar uma lição nestes canalhas.

O navio ia em direção à costa, onde um banco de areia, bastante visível, parecia vir ao nosso encontro. O navio encalhou ali e o capitão deu um grito, como se estivesse muito assustado. A atenção de todos desviou-se do bote e do que ocorria no rio.

Nisto subiu um marinheiro, parecendo muito assustado. Vinha gritando feito um louco:

— O navio está fazendo água no porão. Estamos afundando...

Ao ouvir isto, o capitão tirou a jaqueta, colocou o salva-vidas e gritou:

— Salve-se quem puder!

A confusão durou poucos minutos. Os passageiros, advertidos, começaram a gemer e a lamentar-se, armando uma gritaria ensurdecedora. E para animá-los, o capitão se atirou na água primeiro.

Os feitores, ao verem isto, não tiveram dúvidas em imitá-lo. Um atrás do outro jogaram-se na água, que por ser pouco profunda ali, permitiu-lhes alcançar a margem do rio facilmente. Quando já estavam todos ali, seu assombro não teve limites, ao verem que o navio manobrava normalmente, e o capitão — que havia subido, tranqüilamente, ao navio por uma corda de serviço — recolhia o salva-vidas e lhes dizia:

— Fiquem com Deus, senhores. Deixarei suas bagagens em La Grange, se quiserem ir até lá. Porém o farão a pé, e não no meu navio. Se lhes apetece enforcar alguém, podem fazê-lo entre vocês mesmos.

Ao verem-se burlados, e que estavam todos fora do barco, os feitores começaram a gritar feito loucos. Nós nem nos preocupávamos mais com eles, ainda que soassem uns tiros de fuzil, vindos da margem, que não causaram nenhum dano.

A partir de então, a viagem adquiriu a tranqüilidade própria de uma viagem por um país civilizado. E durante o dia, nada ocorreu digno de menção.

Old Death e eu apenas trocamos algumas palavras, enquanto Winnetou retornou à sua imobilidade, contemplando pensativamente as águas do rio, que nosso navio ia cortando a uma velocidade regular. Os demais passageiros não nos incomodaram, nem nos tornaram objeto de sua curiosidade, o que não deixava de ser muito agradável.

E assim chegou a tarde e a noite já ia caindo, prometendo ser muito escura.

Encontro com Soldados

1.

Um dia antes de sairmos de La Grange, o sr. Cortés veio nos procurar. Queria pedir-nos um favor e nós ficamos perplexos ao saber do que se tratava.

— Tenho que enviar uma mensagem a Chihuahua — disse. — E quem a levar, terá que esperar por resposta. Só posso confiar em Sam, que é um negro leal e mais inteligente do que habitualmente são os de sua raça. Se puder ir com os senhores, ficarei mais tranqüilo.

Não tivemos outro remédio senão concordar, porém não nos agradava a idéia de viajar com um negro. Por isso, no dia de sairmos de La Grange, éramos cinco cavaleiros. Lange e seu filho, o negro Sam, Old Death e eu. Desde o primeiro momento, soubemos que Sam não nos daria nenhum trabalho, pois era homem acostumado a cavalgar, muito serviçal e educado.

Uma semana depois, estávamos na fronteira de Medina e Ubalde. Nós íamos emparelhados, com o negro nos acompanhando atrás. Old Death havia julgado inútil e até mesmo perigoso ir de povoado em povoado buscando pistas de Gibson. Sabíamos já para onde estavam se dirigindo e Old Death estava certo de conseguir apanhá-lo. Portanto, não era necessário persegui-lo tão de perto.

Sabíamos que o destacamento de soldados, em cuja companhia iam Gibson e Ohlert, chegariam ao Rio Nueces e eu estava doente com a dianteira que eles nos levavam.

— Não se preocupe — dizia-me Old Death. — Nós avançamos em linha reta, pois não temos que nos esconder, mas eles não. Têm que esconder-se, e fazer volteios, para passarem desapercebidos. Isso nos dá apenas dois dias de atraso.

Apesar desta argumentação otimista, eu não estava completamente tranqüilo. E meu temor aumentou quando, ao sair de San Antonio e Castroville, prestes a entrar na desolada planície onde começa o deserto texano, que vai do rio Nueces ao rio Grande, ocorreu um incidente que nos inquietou profundamente.

Nossos cavalos estavam se portando muito bem. Tal como dissera Old Death, o ar livre, a comida abundante e o exercício, fizeram maravilhas por eles. Conseguíramos fazer duzentas milhas em seis dias, coisa que todos haviam julgado impossível ao ver as cavalgaduras que havíamos escolhido para a viagem.

Pois, como ia dizendo, estávamos perto do rio Leona, dispostos a chegar por ali a Turkey Creek, em sua desembocadura com o rio Nueces. O destacamento que seguíamos havia passado, forçosamente, por ali, porém, sem deixar-se ver, pois Forte Inge se encontrava muito próximo, atrás do Monte Leona, que se divisava perfeitamente no horizonte.

O terreno era bom para caminhar rapidamente, pois a pradaria era plana, com uma vegetação rasteira, através da qual voavam nossos cavalos. A atmosfera estava límpida e o horizonte claro. Como íamos para o sudoeste, tínhamos a vista fixa naquele ponto, sem nos preocuparmos nem um pouco com o resto, porém, Old Death nos deteve, para perguntar-nos:

— Atenção! Que é aquilo se movendo lá longe?

Todos olhamos na direção que ele indicava e vimos um ponto escuro, que parecia aproximar-se lentamente.

— Creio — disse Lange, com a maior inocência, — que é um animal pastando.

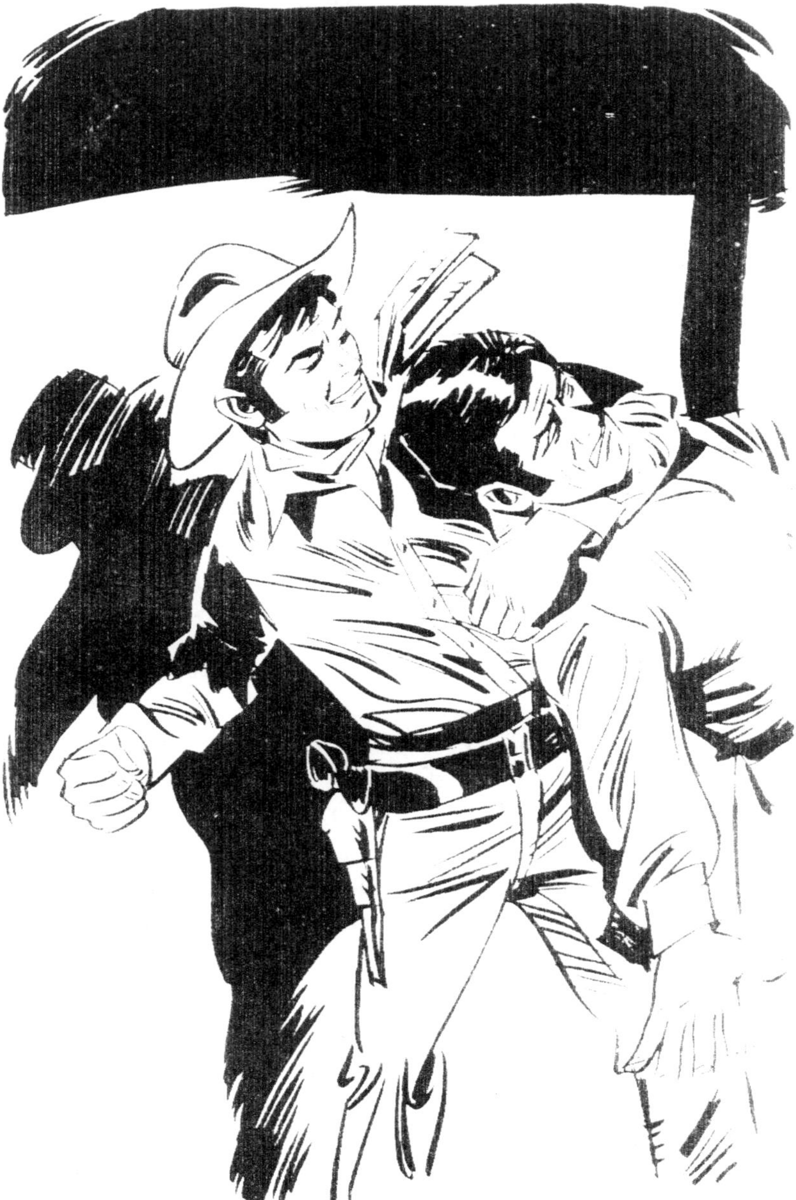

— Caramba! — disse Old Death, com ar sério. — Não está muito acostumado com as distâncias aqui, amigo. Eu diria que algo está se aproximando a uma grande velocidade, e certamente não é um animal.

— Não creio que tenha razão — objetou, teimosamente, Lange.

— Bom, pois já que os brancos não me dão razão, perguntarei ao negro. Sam, olha aquilo lá e diga-me o que lhe parece.

O negro observou por alguns instantes, e logo disse:

— São cavaleiros, que se aproximam a uma grande velocidade.

— Quantos?

— Cinco... ou seis.

— São índios?

— Não, senhor. Índios não aparecem assim, frente a frente. Eles espreitam e vigiam antes de falarem com os brancos. Não são índios.

— Então — disse Lange, — vale a pena que os esperemos.

— Pois não sou do mesmo parecer. Vão em diagonal, o que quer dizer que não nos viram. Sem dúvida são soldados, patrulhando. E se os soldados de Forte Inge saíram e estão assim tão distantes do forte, isso quer dizer que estão ocorrendo coisas inquietantes.

— O senhor assim o crê?

— Sim, certamente. Vamos saber de algo desagradável, pois o Forte Inge está ao nordeste, e se o comandante está vigiando estes lados, é porque há algo de perigoso ocorrendo por aqui.

Seguimos adiante, sem diminuir o passo. E logo os pequenos pontos negros que víamos foram tomando forma, rapidamente. Logo pudemos comprovar a exatidão das observações de Old Death, pois eram seis soldados, comandados por um sargento. Este se aproximou e nos disse, rudemente:

— Por que correm tanto? Não nos viram aproximando?

— Claro que os vimos — respondeu tranqüilamente Old Death — porém não sabíamos que precisávamos esperá-los.

— Quem são vocês?

— Viajantes à caminho do Sul. Que mais?

— Escute — disse o sargento, cada vez mais irritado. — Cabe a vocês cumprirem minhas ordens. Quero saber os nomes!

— E se não quisermos falar?

— Estamos muito bem armados, saberíamos fazer com que nos obedecessem.

O cavalo de Old Death refugou, e o do sargento também. Ambos se enfrentaram e todos esperávamos o que daria aquilo, quando meu amigo exclamou, em tom sério:

— Creio que não é necessário que lhe diga que tenho o dobro de sua idade, e o que tenho visto e vivido em um só dia, é mais do que o senhor fez em toda sua vida. Estamos dispostos a colaborar com os senhores, mas como não os chamamos, nem necessitamos dos senhores para nada, exigimos antes cortesia e bons modos.

O discurso de Old Death impressionou ao jovem sargento, que ficou nervoso.

— Não se aborreça — disse ele, por fim, mais cordialmente. — Não estava pensando em discutir.

— Pois até agora seus modos indicaram o contrário.

— A campina não é um salão, senhor. E está repleta de vagabundos e espertalhões que querem fazer coisas pouco recomendáveis. Isto nos obriga a estar constantemente em alerta.

— E o senhor está nos incluindo nesta categoria?

— Eu não estou dizendo nada. Porém, se são pessoas decentes, não têm porque ocultar o nome.

— Não o ocultamos, mas tampouco o saímos divulgando a torto e a direito. Estamos vindo de La Grange.

— Então, vieram do Texas, são, pois, correligionários.
— O senhor acha.
— Claro. O Texas está a favor do Sul e eu...
— Creio, amigo, que para um sargento da União, está bom o que já disse. E para que não diga mais nada, vou lhe dizer meu nome. Eu sou Old Death.

Os soldados fizeram um movimento de curiosidade, que todos pudemos perceber. Porém aquele sargento, empenhado em defender o Sul, não dava conta do que se dizia:

— Old Death, o senhor disse? Não sei... Ah, sim! — exclamou, com ar de quem fez uma grande descoberta.
— Você é o famoso espião da União.

A cara de Old Death contraiu-se. Contendo a indignação, exclamou:

— Calma, amigo. Cuidado com o que diz. Se sabe quem eu sou, saberá também que ninguém me ofende impunemente. Eu consagrei parte do meu tempo à União, meus esforços e meu sangue, e a isso ninguém pode chamar de espionagem. Se um pirralho me lança isso como insulto, só por compaixão lhe poupo a vida.

O silêncio era tamanho, que podia ouvir-se uma mosca voando, depois que Old Death calou-se. Os militares não replicaram, e o velho explorador acabou por dizer:

— Vejo que seus companheiros são mais sensatos que você, e não se atrevem a me tratar como a um qualquer. E se o comandante do Forte Inge souber como você tratou a Old Death, não creio que ficará muito satisfeito.

O sargento não sabia onde meter-se. Percebi que o comandante do Forte devia ser pessoa sensata e, quando soubesse do ocorrido, não ia ser precisamente um elogio que aquele pirralho com um distintivo ia escutar. Os chefes e oficiais dos postos militares tratam os exploradores da categoria de Old Death, com muito respeito e consideração, pois são os homens que conhe-

cem verdadeiramente o terreno e os acidentes da região. Old Death reforçou a coisa, ao dizer-lhe:
— Diga-me, por favor, quem é o comandante do posto.
— O comandante Webster.
— Há cerca de dois anos era comandante do posto de Ripley, certo?
— Sim, senhor.
— Bem, pois vou pô-lo a par dos excessos que o senhor cometeu. Somos amigos antigos, e ele logo saberá que um subordinado seu me chamou de espião com todas as letras.
— Mas, senhor, deixe disso... Eu não quis ofendê-lo. Não se está sempre no melhor dos humores... E às vezes uma ou outra palavra escapa, involuntariamente, e...
— Isso é outra coisa. Se reconhece que se equivocou, vamos fingir que começamos a conversar agora.
— Obrigado, senhor. Porém, ainda que sua companhia nos seja muito honrosa, devemos seguir adiante, e vamos fazer-lhe as perguntas de praxe. Avistaram índios por aqui?
— Não. Por que acha que iríamos encontrar índios por estes lados?
— Porque os apaches desenterraram o machado de guerra e não acharia estranho se estivessem cercando o forte.
— Estranho, isso. Porque iriam os apaches lançar-se contra o forte?
— Porque são uns covardes, e não têm vontade própria.
— É a primeira vez que ouço semelhante disparate. Desenterraram o machado de guerra somente contra os brancos?
— Não, contra os comanches. Houve algumas escaramuças entre as tribos e, para terminar as diferenças, concordou-se em celebrar uma reunião de paz. Vieram seis chefes comanches e vinte guerreiros, porém, dos apaches somente três chefes.

— E você me diz que eles são covardes? Três homens sozinhos, em território inimigo, realizando uma conferência ante vinte guerreiros e seis chefes. Percebe que isto significa?

O sargento deu de ombros. Aquele pirralho sabia tanto de estratégia e valor militar, como eu de fazer sapatos. Old Death pediu-lhe que contasse o ocorrido na entrevista entre apaches e comanches.

— Pois acabou em confusão. Não só não entraram em acordo, como os comanches agrediram os chefes apaches e mataram dois.

— Em terreno neutro? Como permitiram isso?

O sargento voltou a dar de ombros. Old Death continha-se para não estourar e nós estávamos aterrados, pelas conseqüências que aquilo podia ter.

— O outro — exclamou o rapaz, com a falta de consciência que o caracterizava — conseguiu escapar, ainda que bastante ferido. Montou no cavalo e deu um salto prodigioso, atravessando a vala do forte e indo parar na planície. Porém, o mais curioso é o que aconteceu depois...

— Que foi?

— Apareceu um índio jovem, arrogante e bem vestido. Montava um magnífico cavalo negro e foi comprar munição. Eu o recebi e atendi. Como não levasse distintivo nenhum, não sabia quem era. Perguntou-me o que ocorrera na reunião entre apaches e comanches, e ao saber do ocorrido, disse:

"— Desde agora, qualquer branco será inimigo dos apaches. Em terreno branco se assassinaram emissários da paz, e não se castigou os culpados. Temam os senhores, pois Forte Inge será arrasado.

"— Quem é você para falar assim?

"— Sou Winnetou, o chefe dos apaches. E como sou mais leal do que vocês, escute isso: os apaches estavam tranqüilos em suas tendas, até que os comanches atacaram; os brancos se uniram aos comanches e traiçoeiramente mataram a dois emissários. Não os castigaram, portanto, são como os comanches e a guerra começará também para vocês..."

Todos escutávamos atentamente o que aquele rapaz dizia, sem dar-se conta do que aquilo representava. Eu imaginava a cena, meu garboso irmão Winnetou falando com o oficial, sua figura imponente tal qual havíamos visto no navio, e seu rosto nobre, cheio de contida indignação. Segurando a respiração, para podermos escutar melhor, acompanhamos a continuação do relato.

— O oficial que ali estava escutando Winnetou, quis então detê-lo, pois ele acabava de declarar-nos guerra. Deu-se ordem para prendê-lo, mas o índio começou a rir. De um salto, tal como havia feito o outro índio ferido quando escapou, saltou sobre a vala e perdeu-se na pradaria.

— Quando ocorreu isto? — perguntou Old Death, pensativo.

— Segunda-feira.

— Hoje é sexta. Quatro dias se passaram. Diga-me outra coisa, rapaz. Aonde estava seu comandante durante este ocorrido?

— Caçando.

— Compreendo. Preferiu não estar presente, em um caso que poderia custar-lhe caro enfrentar uma ou outra facção. E assim se perdeu tudo, pois o direito desta gente foi pisoteado, a honra dos ianques foi ao chão diante dos pele-vermelhas, e se incendiou a guerra entre apaches e comanches. Bonito panorama ele tinha! Vocês confiam nos comanches?

O sargento fez uma careta, que podia significar tanto sim quanto não, e Old Death arrematou:

— Se os comanches perderem a guerra, não sobrará pedra sobre pedra de Forte Inge. Winnetou não é homem que ameace em vão. E agora diga-me, muchacho, vocês tiveram outras visitas?

— Sim. Anteontem chegou um cavaleiro chamado Gibson. Teve que dar-me o nome, pois eu estava de guarda. Disse que ia para Sabinal, estando somente de passagem.

— E ficou por muito tempo?

— Bastante, porque?

— Porque o que foi fazer no forte foi avaliar suas defesas e fortificações. Não ia para Sabinal coisa alguma. É o tipo de gente por quem você nos tomou, de início. Bom, rapazes, adeus e boa sorte.

Os soldados nos saudaram e nós retomamos nosso caminho em silêncio.

* * *

Durante muito tempo estivemos cavalgando sem nada dizer. Nenhum de nós tinha vontade de fazer comentários, depois de tudo que acabáramos de ouvir. As notícias não eram exatamente agradáveis.

E eu estava preocupado com Winnetou. Agora compreendia sua reserva e porque não havia querido dizer-me nada do porque estava indo para Forte Inges. Ele sabia que iriam ocorrer fatos desagradáveis e não quis misturar-me com isto. Naquele momento admirei mais do que nunca a nobreza daqueles pele-vermelhas, tão depreciados por alguns, e que no entanto eram tão corretos e nobres em seus relacionamentos.

Eu pensava ser uma lástima que as grandes qualidades daquele povo se perdessem ao contato com nossa mal chamada "civilização". Em nobreza, retidão e honradez tinham enormes vantagens sobre nós. Corriam mais perigo eles de degenerarem em nossa companhia, do que nós de aprender algo de toda sua nobreza e fidalguia.

Porém meus pensamentos bem pouco iam fazer mudar o curso dos acontecimentos, se estes estavam contra meu nobre amigo. E isso me mantinha taciturno e preocupado, como era natural.

2.

Anoitecia quando chegamos a um lugar onde a grama verde e uns formosos pássaros, prometiam um bom descanso. Todos tínhamos vontade de descansar e nada mais merecido também para nossos cavalos, que se sentiam cansados a mais não poder depois daquela duríssima jornada.

Porém Old Death não era um homem capaz de fazer as coisas pela metade, e tratou de olhar as pegadas que abundavam por ali. Sem dizer palavra nos indicou que o seguíssemos, o que fizemos sem contestar. Naquele dia havíamos caminhado praticamente mudos.

O rio tinha uma correnteza bastante forte, porém o experimentado explorador logo descobriu um caminho fácil. Se meteu pelo rio e começou a examinar o fundo do mesmo. A água era clara e se podia ver muito bem, mesmo a luz sendo escassa.

— Bem — disse, voltando-se para nós. — Estas pegadas são interessantes, venham vê-las.

Todos nós nos metemos no rio e contemplamos o que ele via. No fundo do rio se viam uns buracos largos como a palma da mão, e bastante fundos. Old Death prosseguiu:

— Algum dos senhores saberia dizer-me o que significam essas pegadas?

Lange exclamou:

— São de cavalos índios, levando cavaleiros.

— Sim, mas necessitamos saber algo mais. Que te parece, Sam?

O negro aproximou-se, e examinou as pegadas com atenção. Logo disse, confiante:

— São cavalos montados, e são dois.

— Por que não são apenas cavalos?

— Cavalo que está perto de rio, pára pra bebê e estes não fizero. Fato é, que passaro obrigado a não pará, e sendo assim, tem homem, sela e arreio.

— Excelente dedução, Sam. O que mais está vendo?

— Cavalos vão emparelhado, porém passar o rio um atrás de outro. Um pesava muito menos que o otro, pois as pegada de um não são tão funda que nem o otro. Um cavaleiro é mais véio que o outro.

— Certo, Sam, e agora vou dizer o que eu vejo — disse Old Death, muito satisfeito. — Os cavaleiros são índios e se tinham tanta pressa em passar por este vau, é por uma razão que desconhecemos. Não dar de beber a um cavalo, um índio não faz tal coisa sem motivos graves. Sigamos adiante e quem sabe não encontraremos os motivos que tinham para correrem tanto.

Enquanto estivemos parados, nossos cavalos haviam bebido à vontade, e terminamos de cruzar o rio sem nos molharmos, já que o vau era bem grande. E quando chegamos ao outro lado do rio, Old Death se pôs a examinar tudo e seus olhos de lince descobriram logo o que buscava. Inclinou-se e recolheu uns pedaços de casca de árvore, que estavam no chão.

— Olhem — disse. — Isto explica o que os índios, que cruzaram o rio e eram dois, fizeram quando se viram seguros.

— O que é isto? — perguntou, curioso, Lange.

— Pedaços de casca de tília. Vamos procurar a árvore de onde tiraram isto.

Pouco andamos para encontrar a árvore, que o velho explorador havia identificado corretamente. Estava descascada até a altura de um homem. Pelo chão, pedaços de casca, indicavam que haviam necessitado de muito, para o que haviam feito.

Old Death seguia procurando e por fim encontrou o que buscava. Eram umas estacas, nem mais grossas, nem mais largas que um lápis, fincadas no solo.

— Vêm isso? — disse, mostrando as estacas. — Pois isto serviu para fabricarem ataduras com a casca da tília.

— Ataduras?

— Certamente. A casca da tília é suculenta e sua seiva desinfetante. Esticando-as nestas estacas, consegue-se fazer uma atadura que protege as feridas melhor do que o mais puro algodão. Ao secar, protege o membro lesionado e, enquanto a ferida cicatriza, é útil como desinfetante. Os índios conhecem bem estas propriedades da tília.

— Então — disse Lange, — um dos índios estava ferido.

— Sim. É o que escapou do forte, quando mataram os emissários. O outro é fácil perceber que se tratava do segundo cavaleiro que saltou a vala do forte, quando quiseram detê-lo.

— Winnetou — disse eu, laconicamente.

— Exatamente. Por isso cruzaram o rio sem se deterem. Uma vez em segurança, cuidaram dos ferimentos, enquanto os cavalos pastavam. Olhem ali.

Olhamos na direção do rio e vimos uns lugares em que o barro estava revolto a mais não poder. Old Death seguiu dizendo:

— Os dois índios, pois não há dúvida de que são eles, deixaram os cavalos descansarem, sem tirar-lhes sela e arreios. Isso só o fazem quando os espera uma cavalgada muito dura. Detiveram-se o tempo necessário para fazer o curativo e logo seguiram caminho.

— Que direção tomaram? — perguntou Lange.

— Atravessaram o rio por aqui e logo continuaram em linha reta. Estou certo de que encontraremos pegadas de sua passagem, mais adiante. Agora vamos procurar um lugar para descansarmos. É preciso passar a noite protegidos, pois estamos em tempo de guerra e não sabemos o que poderá ocorrer.

3.

O olho sagaz de Old Death descobriu prontamente um lugar abrigado onde acamparmos. Eu disse, ingenuamente:

— Procuraremos lenha?

— O senhor leu muitas novelas sobre o Oeste — disse o explorador, zombando. — É muito bonito isso de reunir-se em torno da fogueira e fazer o café. Porém já lhe disse que isso são coisas de escritores, e não da vida real.

Um pouco chateado, abaixei a cabeça e Old Death continuou mais cordialmente.

— Se acendermos o fogo, a fumaça atrairá para cá todos os comanches que estiverem a uma milha destas redondezas.

— Mas...

— Sim, meu amigo. Estamos em território comanche e isto é coisa que não vai nos tirar o sono completamente. Creio que necessitamos mesmo de um pouco de descanso.

— Não é preciso temer que os índios já estejam guerreando. Até que os emissários cheguem em suas tribos, a reúnam e tudo o mais, passará bastante tempo.

— Não acredite nisso. Estamos em território

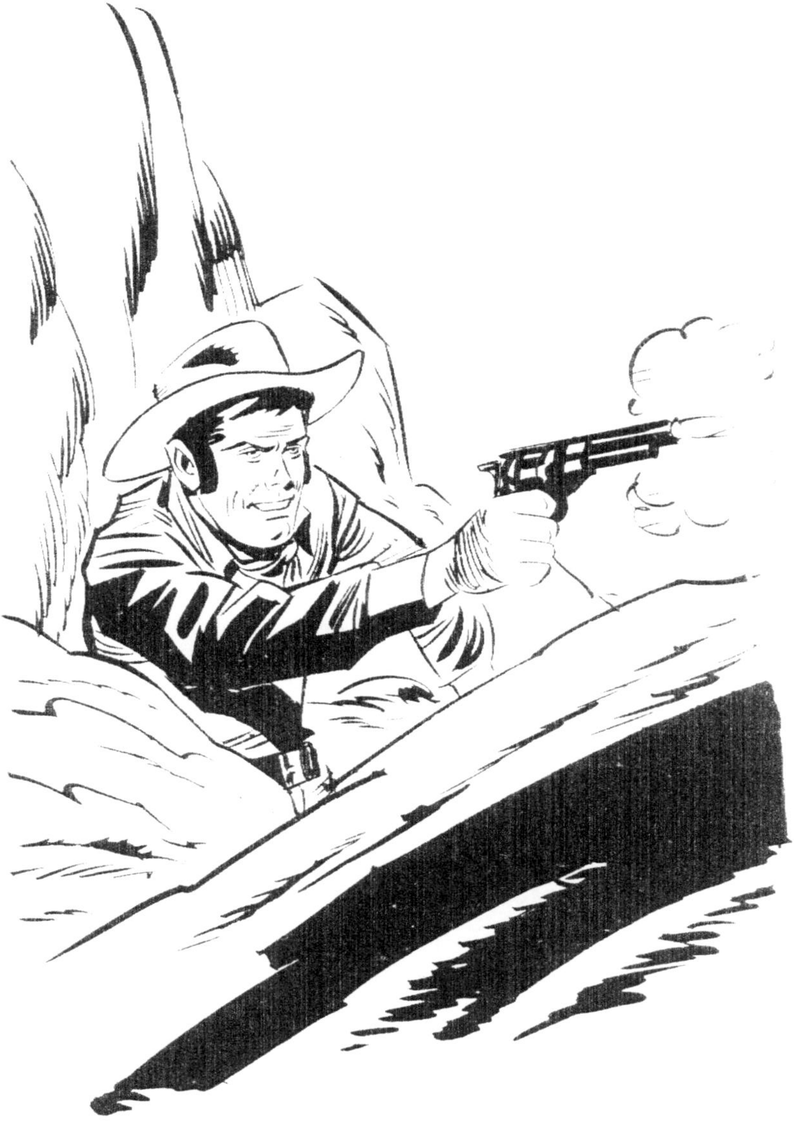

comanche e tenha certeza que o ocorrido em Forte Inge não foi obra do acaso, e sim algo premeditado. Por algum motivo, os comanches necessitavam armar uma confusão, e matar uns apaches foi um bom pretexto. Quando chegaram ao forte, já estavam com um plano de guerra armado.

— Então, Winnetou e seu amigo ferido...

— Muito lhes custará escapar daqui e chegar a seu povoado. Disso pode ter certeza.

— O senhor parece ter tomado o partido dos apaches.

— E o senhor não? São valentes, foram ao encontro para evitar a guerra, e foram traídos em terreno neutro. Ainda que fosse só por isso, já contariam com minha simpatia. Além do mais, Winnetou me inspira um afeto especial.

Eu recebia as palavras do explorador com alegria, enquanto ele preparava tudo com sua experiência. Old Death parou o que estava fazendo para olhar-me, baixando a voz para dizer:

— Porém, agora, não podemos tomar partido algum. Estamos metidos numa empresa, que tomará toda a nossa atenção.

Terminou de preparar o necessário para o nosso descanso, e todos procuramos nos acomodar o melhor possível. A noite já havia caído, e não seria muito tranqüila, pelo que se podia perceber.

— Faremos turnos de uma hora de sentinela — disse Old Death, em uma voz baixa que havia adotado desde que havíamos parado ali. — Assim, teremos todos cinco horas para descansar, que nos valerão bem. Antes que amanheça é preciso que estejamos prontos para partir.

Em silêncio tiramos as provisões e jantamos. A temperatura não estava extremamente fria, o que nos garantia não precisarmos de fogo, mesmo na madrugada.

UM ÍNDIO PRISIONEIRO

1.

Acabávamos de comer as provisões que levávamos, no entanto creio que ninguém tinha vontade de descansar, Old Death, que mascava seu tabaco pensativamente, disse de repente:

— Se ouvirem ruídos, não se virem. Os olhos reluzem na obscuridade, e é a melhor maneira de localizar-se um inimigo.

— Quantas coisas o senhor sabe! — disse admirado Lange.

— Passei muitos anos com os índios — disse meu amigo. — E esses pequenos conhecimentos são primordiais entre eles.

— Conviveu com os índios? — perguntei. — Com os apaches ou com outros?

— Com os comanches. Sempre me receberam com amabilidade, e têm pleno conhecimento de que eu jamais lhes causaria o menor dano. Inclusive, um de seus mais famosos guerreiros, Castor Branco, é um bom amigo meu, pois prestei-lhe um serviço que acredito ainda não ter ele esquecido. Esta amizade nos será agora muito útil, e se preciso for, a utilizaremos. Porém, não creio que será necessário, pois somos cinco e todos sabemos atirar bem.

A conversa continuou neste tom e Old Death nos contou coisas muito interessantes sobre sua vida. Porém, no meio da narração, calou-se e escutou atentamente. Todos fizemos silêncio e também prestamos atenção.

Um de nossos cavalos resfolegou, mas de uma forma que denotava ansiedade ou medo. Old Death exclamou, bem baixinho:

— Hmm! Creio que nossos cavalos são fabulosos, e estão acostumados à pradaria. Este sinal só dá um cavalo que tenha sido cavalgado por um explorador.

Continuamos imóveis, e Old Death prosseguiu escutando. Logo nos aconselhou, sem mudar de posição:

— Não movam a cabeça, mas algo se aproxima de nós. Vou explorar o terreno, mas antes vou enfiar o chapéu até o nariz.

Fez o que dizia, e continuou dando instruções. Porém, naquele momento, meu cavalo bufou impaciente, como se tentasse escapar. O negro Sam exclamou em voz baixa:

— Eu sei onde tá índio escondido. Tô vendo olho brilhando.

— Diga-me onde está.

— Junto da ameixeira, tem uns olho brilhando.

— Pois bem. Conversem em voz alta, para eles pensarem que estamos despreocupados, e também para encobrirem os ruídos que eu fizer.

Lange me perguntou algo e eu lhe respondi em voz alta. Logo começamos uma conversa, na qual soltamos até umas gargalhadas. Era a melhor maneira de nos mostrarmos tranqüilos e despreocupados.

Logo, no lugar onde Sam havia deixado seu cavalo, a folhagem moveu-se violentamente. Daí a pouco apareceu Old Death, com passos pesados, e atirou ante nós um índio desfalecido. Todos o contemplamos com certo estupor.

— Agora vamos precisar de uma fogueira, para enxergarmos sua cara — disse Old Death. — Vou buscar lenha, aqui perto.

Dentro em pouco tínhamos já uma boa quantidade de lenha, e com uns fósforos providenciamos para que o local ficasse bem iluminado. O índio era jovem, levava a cara pintada de amarelo e não tinha armas. Old Death as tinha recolhido.

— É um guerreiro insignificante — disse o caçador. — Sem dúvida não tem nome ainda e veio nos enfrentar para conquistá-lo. Nem sequer leva um amuleto, ou sinal de haver matado um guerreiro. Veja, já se move.

Com efeito, o jovem índio se mexeu, abriu os olhos e tentou levantar-se. Olhou-nos com ar aparvalhado, mas ao ver o explorador, exclamou espantado:

— "Koscha-Pehve"!

Em língua comanche, era o apelido de meu amigo Old Death. Este respondeu, simplesmente:

— Sou eu. O guerreiro pele-vermelha me conhece?

— Os comanches conhecem esse nome, pois você esteve entre nós.

— Bem-vindo ao comanche que leva as cores da guerra pintadas na cara. Qual é o seu nome?

— O comanche que está aqui perdeu seu nome e não voltará a ter outro. Saiu para recuperá-lo, mas caiu em mãos de cara-pálidas e está cheio de vergonha e desonra. Peço-lhes, guerreiros brancos, que acabem comigo. Não gritarei, mesmo que meu corpo se consuma na fogueira.

— Não podemos atender ao bravo comanche. Se te apanhei, é porque a escuridão me impedia de ver quem era. Estamos em paz com os comanches, e você ainda tem grandes feitos a realizar.

Eu esperava que o índio lhe agradecesse, porém não foi assim. Continuou tristemente no chão, e disse:

— Me surpreendeu e me fez prisioneiro. O comanche deve morrer. Crave sua faca em meu coração, bravo guerreiro.

— Não devo fazê-lo, guerreiro pele-vermelha.

— Mas, não vê que não posso voltar para os meus? Os comanches diriam que meus olhos são cegos e meus ouvidos surdos. Deixei-me capturar e vencer. Não serei capaz de realizar nada que me reabilite perante meus irmãos.

— Nosso irmão vermelho — disse eu então — não levará infâmia alguma, pois seus irmãos não saberão nunca o ocorrido. Juramos guardar silêncio. E ser capturado por "Koscha-Pehve" não é desonra para nenhum guerreiro, pois ele é invencível.

O jovem índio olhou para meu amigo, ansiosamente.

— É verdade que fará isso, "Koscha-Pehve"?

— Claro — disse Old Death, tranqüilamente. — Diremos que nos encontramos pacificamente, e você me reconheceu. Sou seu amigo, e não cometeu falta alguma ao aproximar-se e saber se se tratava de mim mesmo.

— O famoso guerreiro branco me devolve a vida. Confio em tua palavra, e terá em mim um homem agradecido, enquanto meus olhos vejam a luz do sol.

Respirou profundamente e endireitou-se. Eu deixei que Old Death continuasse a conversa com o índio. Meu amigo disse:

— Já comprovou nossa boa vontade, e espero que a retribua, dizendo-nos algo.

— "Koscha-Pehve" pode perguntar. Só direi a verdade.

— Meu irmão saiu para caçar alguma fera? Ou queria conquistar seu nome, atacando o branco como inimigo? Veio só ou com outros valentes guerreiros?

— Vim com tantos guerreiros quanto há gotas no mar.

— Buscam alguma coisa?

— Aos cães apaches.

— O conselho dos anciões e os chefes mais prudentes foram consultados?

— O Conselho dos anciões se reuniu e deu sua autorização para a guerra. Quatro dias fazem que o machado passa de tenda em tenda. Desde as montanhas até as águas que vocês chamam de rio Grande, tudo ferve de guerreiros nossos.

— Quantos são?
— Dez vezes dez.
— Quem é seu chefe?
— Avat-Vila — que significa Urso Grande, é o grande chefe.
— Não o conheço. Nunca ouvi seu nome.
— É jovem. Faz pouco tempo que alcançou o grau de guerreiro. É filho de Oyo-Koltsa, a quem vocês chamam de Castor Branco.
— A esse eu conheço bem.
— Já o vi com ele, em sua tenda. Seu filho o receberá bem.
— E onde está agora?
— Meu irmão branco não terá que cavalgar este tempo que chamam uma hora, para encontrá-lo.
— Então vamos pedir-lhe que nos dê hospedagem. O irmão pele-vermelha nos guiará?

Dispusemo-nos a recolher nossas coisas, e a cavalgar de novo. Minutos depois estávamos todos em nossos cavalos, seguindo o jovem índio que nos guiava.

2.

Caminhamos durante três quartos de hora pela margem do rio. A noite era escura, mas nossos olhos, acostumados à escuridão, divisavam bem o que ocorria. De repente, vimos aparecer umas sombras que se aproximavam de nosso guia. Eram as sentinelas avançadas do acampamento comanche. O jovem que nos guiava disse:

— Meus irmãos brancos esperem aqui até que eu regresse.

Esperamos, e Old Death me disse:

— Os comanches não acendem fogueiras quando estão em guerra, mas como agora sabem que não existem inimigos por perto, acenderão uma. Já verão.

Daí a momentos vimos brilhar algo na escuridão. Old Death exclamou:

— Já preparam os "punks".

— Que é isto? — perguntei.

— Dois pedaços de madeira. Um é largo, e o outro delgado. O largo está repleto de "punks", ou seja, madeira podre, que queima muito bem. Esfregando-se os dois, obtém-se um bom fogo.

Com efeito, vimos uma pequena chama elevar-se, e em pouco uma enorme chama subiu. A cobriram de troncos e logo a fogueira ardia.

Quando o fogo estava já bem alto, nos mandaram desmontar e levaram nossos cavalos. Vi que estávamos rodeados de guerreiros silenciosos e compreendi também que estávamos à sua mercê. Verdade que levávamos armas, porém a proporção de cinco para cem não era muito consoladora, diga-se a verdade.

Disseram-nos para nos aproximarmos da fogueira e assim o fizemos. Sentado diante dela, estava um só guerreiro, cujo rosto não conseguíamos divisar se era jovem ou velho, pois estava pintado igual ao do índio que havíamos capturado. Tinha o cabelo preso no qual luzia uma pena de águia branca, emblema de guerra. Sobre os joelhos tinha uma espingarda muito antiga, e ao lado pendia o cachimbo da paz.

Olhou-nos com ar displicente e não se moveu. Old Death exclamou em alemão, para que não nos entendessem:

— Está a tratar-nos com desdém. Pois vamos todos sentar-nos e deixar que ele fale primeiro.

Ninguém discutiu a ordem, pois todos estávamos

convencidos de que o único que podia contornar aquela situação em que estávamos metidos era ele.

Em silêncio o seguimos até a fogueira, que brilhava na noite cálida e silenciosa da guerra indígena.

3.

Sam se colocou de pé, atrás de todos, pois aos negros não é permitido sentar-se diante dos índios, sob risco de dar-se mal. Nós, porém, nos aproximamos, fizemos uma saudação e nos sentamos tranqüilamente. Old Death fez o mesmo, sentando-se defronte do cacique. Este mexeu-se, como se lhe houvessem picado.

— Uff! — exclamou. — Como se atreve?

— Compreende a língua dos cara-pálida? — perguntou Old Death, muito sereno e seguro de si.

— Sim, mas não a falo. Detesto. — replicou colérico o jovem chefe.

— Meus companheiros não conhecem o comanche — disse Old Death, sempre serenamente.

— Pior para eles! — replicou o índio. Mas perguntou, num inglês estropiado: — Como ousaram sentar-se em minha presença?

— Porque somos chefes, e temos direito ao nosso lugar na fogueira.

— De quem você é chefe?

— Dos exploradores brancos.

— E esse? — perguntou, apontando Lange.

— É o chefe dos ferreiros brancos, os que fazem armas e manejam o ferro.

Esta explicação sobre quem era Lange pareceu impressionar ao comanche, que o encarou com atenção. Mas logo continuou suas perguntas, que muito tinham de infantis.

— E esse, quem é?

— O filho do chefe dos ferreiros. Faz espadas para cortar cabeças e também machadinhas.

Novo olhar de admiração do índio para o filho de Lange. E quando chegou a minha vez, Old Death respondeu:

— É um homem de grande saber, vindo do outro lado do mar. Queria conhecer os guerreiros comanches. É um chefe da sabedoria, e conhece muitas coisas.

— Sua cabeça não é branca — objetou o comanche.

— Em sua terra, as crianças já nascem sábias como os anciãos.

— Então, o Grande Espírito deve amar muito a sua terra. Porém, creio que esqueceu sua sabedoria, já que veio até aqui, atravessando a senda da guerra. Quando os comanches desenterram o machado da paz, não toleram brancos em suas terras.

— Pelo que escuto, vejo que esqueceu do combinado em Forte Inge, não faz muito tempo. Disseram que os brancos seriam seus amigos.

— Quem o disse, que mantenha sua palavra. Eu não estive ali.

4.

Até aquele momento, Old Death havia respondido com grande amabilidade, porém ao ouvir aquele disparate, julgou oportuno dar outro tom à conversação, e exclamou encolerizado:

— Como disse? Quem é você para dizer essas palavras a "Koscha-Pehve"? Qual é o seu nome? E se você não o tiver, dá-me o nome de seu pai.

O chefe índio ficou paralisado diante de tanta ousadia, e respondeu colericamente, ao cabo de alguns momentos:

— Quem se atreve a falar assim a Avat-Vila, o filho de Castor Branco?

— Avat-Vila, o Urso Grande. Quando eu matei um urso era um meninote, e depois, matei tantos, que nem considero isto coisa importante. Matar um urso não te torna um herói.

— Olhe os escalpos que levo na cintura!

— Se cada vez que eu tivesse matado um guerreiro, tivesse pego apenas uma mecha de cabelo, teria cabelo para encher muitos sacos. Tampouco isso me serve.

— Sou filho de Castor Branco, o Grande Chefe.

— Isso sim é uma recomendação. Eu fumei com ele o cachimbo da paz, e juramos que seus inimigos seriam os meus inimigos, e seus amigos, meus amigos. Espero que o filho seja da mesma opinião que o pai.

— É muito ousado, cara-pálida, ou tem os comanches na conta de covardes. Já se deu conta que somos cem homens?

— Muito bem — disse Old Death. — E você já se deu conta que somos cinco, mas valemos por cem? Todos os seus guerreiros não evitarão que te alvejemos antes que alguém se mova. Levamos armas de repetição, e em um minuto este lugar pode estar coalhado de cadáveres comanches. Podemos disparar sessenta balas em um minuto.

O índio estava estupefato. Acabou por dizer:

— Deve ter um amuleto muito forte.

— Assim é. Tenho um amuleto que envia meus inimigos para a morte. Pela última vez lhe pergunto: quer nos tratar como amigos, ou não?

Fez-se silêncio. Urso Grande então respondeu:

— Devo consultar meus guerreiros.

— Não acredito! — disse depreciativamente Old Death. — Um chefe comanche que tem de confirmar sua decisão com seus homens! Nós não consultamos nada. Fazemos o que nos parece. Somos livres e nos sentamos com você na fogueira. Vamos apanhar nossos cavalos.

Ao dizer isto, Old Death colocou-se de pé e nós o imitamos. Urso Grande estava lívido de raiva, mas não se atrevia a falar. Via-se claramente que o jovem índio sustinha um furioso combate consigo mesmo. Em caso de luta, nos caberia pagar a ousadia de Old Death, mas Urso Grande compreendia perfeitamente que muitos de seus guerreiros cairiam, ante o chumbo de nossas balas.

5.

Aquele inexperiente chefe sabia que seu pai lhe pediria contas, se saísse vivo deste evento, sobre o que havia feito com um homem ao qual devia gratidão. O índio é valente, mas antes de tudo, deve saber dominar-se, e Urso Grande não podia ignorar isto. Também sabia isso muito bem o explorador, que havia se levantado tão serenamente.

Urso Grande nos deixou sair do círculo de luz.

— Onde vão? — gritou. — Não têm cavalos. Estão cercados.

— Também você o está — disse serenamente Old Death. — Uma bala acabará consigo, e Castor Branco não irá chorar por você. Dirá, "eu não tenho filho. O que morreu era um jovem sem experiência, que não respeitou meus amigos e se deixou levar pela imprudência". As velhas rirão com suas bocas desdentadas, do guerreiro que levou os seus à morte, e os guerreiros que lhe seguirem, o impedirão de entrar no campo de caça eterno...

O comanche ficou imóvel. A pintura de guerra nos impedia de ver suas reações, mas por fim, ele sentou-se lentamente, tirou o cachimbo do cinto e disse:

— Urso Grande fumará com vocês o "calumet" da paz.

— Muito bem. O que deseja guerrear contra os irmãos pele-vermelha, deve ter por amigos aos cara-pálida — replicou gravemente Old Death.

Sentamos-nos todos e vimos como o jovem índio enchia o cachimbo com tabaco e cânhamo silvestre. Quando o acendeu, ficou de pé. Fez um pequeno discurso, o qual, eu pelo menos, já nem me recordo.

Então, lançou uma baforada para o céu, outra para a terra, e uma para cada ponto cardeal. Sentou-se e passou o "calumet" para Old Death, que por sua vez também discursou e lançou as baforadas rituais, sentando-se depois e me passando o cachimbo.

Eu não necessitava falar, já que Old Death havia falado por todos. Dei as cachimbadas regulamentares, passei o cachimbo para Lange e me sentei, enquanto o ferreiro e seu filho cumpriam o ritual.

O negro Sam foi o único que não fumou, mas Old Death nos assegurou que ele estava protegido por conta do pacto.

Ao terminar a cerimônia, os guerreiros sentaram-se ao redor da fogueira, e eu pedi que Sam buscasse nos nossos alforjes, alguns cigarros. Quando chegaram, ofereci um a Urso Grande, que pareceu apreciar o presente, pois grunhiu satisfeito. Trouxeram o jovem índio que havíamos capturado, para que explicasse o encontro. E assim ele fez, sem contudo falar que Old Death o havia surpreendido e capturado. Foi então a vez de Old Death explicar o por que de sua presença ali.

— Estamos seguindo o rastro de uns cara-pálidas — respondeu meu amigo — que devem ter chegado já ao Rio Grande. Dirigiam-se para o México, e precisamos entrar em contato com eles.

— Nesse caso — disse o chefe comanche — meus irmãos brancos podem seguir conosco em viagem. Estamos seguindo esta rota, buscando pelo apache que perseguimos.

— E de onde ele está vindo?

— Do lugar que os brancos chamam Forte Inge. Está ferido, o que o impede de avançar muito, e deve estar escondido por aqui.

— Já o procuraram?

— Sim, mas não o encontramos. Acaso os brancos viram seu rastro?

— Não. Por isso lhe perguntei.

— Deve ter ido rio acima, porém não conseguirá andar muito no estado em que está. Os comanches esperam os apaches deste lado do rio, mas ele ainda não deve tê-lo cruzado.

Nós sabíamos que isto não era verdade, e eu pensei se Winnetou e seu companheiro ferido haveriam caído em poder de algum grupo de comanches. O fato de Urso Grande não o saber, não queria dizer que isso não pudesse ter ocorrido. Old Death pareceu ter pensado o mesmo que eu, já que perguntou:

— Onde está agora seu pai Castor Branco?

— Para responder, terei que nomear os lugares pelos nomes que os brancos lhes dão. Se meus irmãos forem até Poniente, encontrarão Turkey-Creek, ali passarão por Chico-Creek e o deserto, até Elm-Creek. No deserto se encontram os guerreiros de Castor Branco, impedindo a passagem de qualquer um em direção a Eagle-Pass, acima do Rio Grande.

— Caramba! — exclamou Old Death, sem conse-

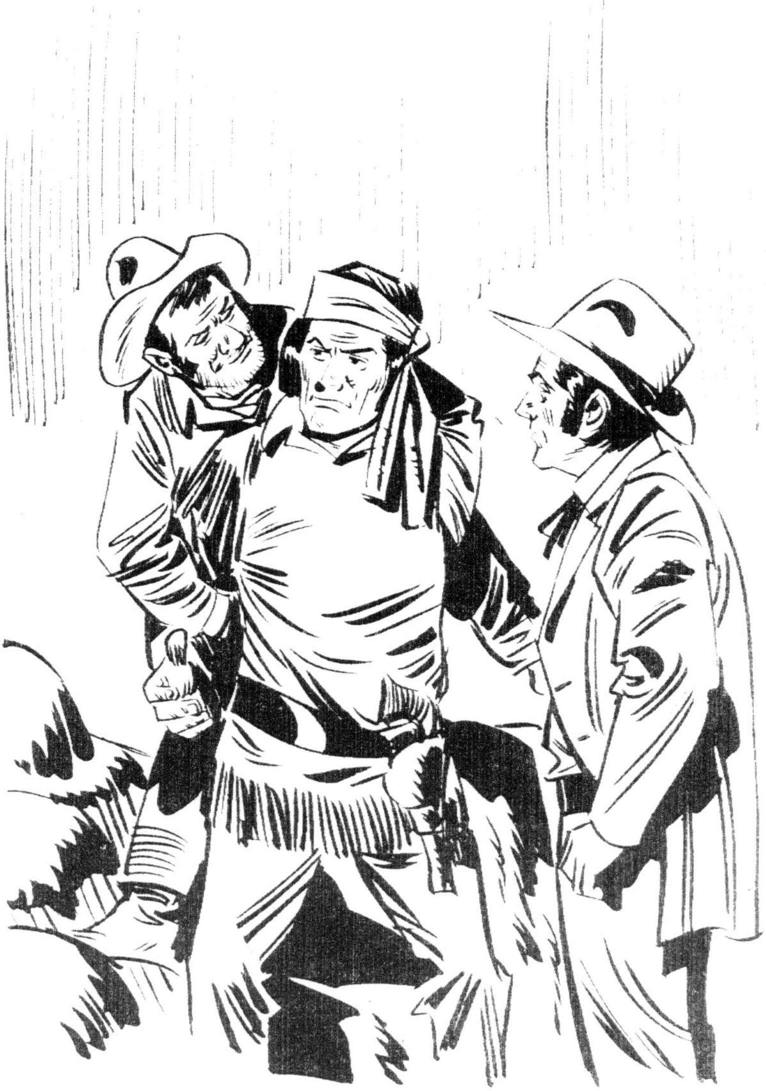

guir conter-se. Mas dissimulou bem ao dizer: — Me alegro muito, Urso Grande. É o caminho que nós temos que seguir, e me alegrará poder saudar a meu grande amigo, o chefe dos comanches.

— Ele se alegrará em vê-los.

— E agora vamos descansar, Urso Grande. Precisamos partir pela madrugada.

O próprio chefe comanche nos acompanhou até uma frondosa árvore e nos disse que podíamos descansar. Trouxeram as selas e as mantas que tínhamos nos cavalos, e pudemos nos acomodar com relativo conforto.

Quando deitei, enrolado na manta, notei que os guerreiros estavam deitados também, nos rodeando. Old Death me disse:

— Não tema. Quando um índio fumou o cachimbo da paz, não é capaz de trair a ninguém. Estes guerreiros estão aqui mais para proteger-nos do que para fazer-nos mal. De qualquer forma, procuraremos deixá-los o quanto antes, porém como, trataremos de descobrir só amanhã. Vamos dormir e boa-noite.

Dentro em pouco nada se ouvia ao redor. Parecia como se, efetivamente, todos estivessem entregues ao descanso.

A Estância do Cavaleiro

1.

No dia seguinte, se pode chamar-se assim ao tempo passado durante umas horas nas quais eu não pude pregar o olho, nos levantamos e começamos a prepararnos para a viagem. Meus companheiros levantaram-se sem fazer ruído, mas todos os guerreiros comanches também se puseram de pé imediatamente.

À luz tênue do amanhecer, pudemos vê-los melhor. Todos eram musculosos e belos, como o são os homens comanches. Mas estavam sujos a mais não poder. Urso Grande nos saudou e apresentou-nos o guia que iria nos acompanhar durante a viagem.

— Agradeço-lhe a deferência — disse Old Death, tranqüilamente — mas seria desonroso para os chefes brancos ser guiados por um guerreiro em busca de Castor Branco. O encontraremos sem dificuldade, pode estar certo disso.

O tom de meu amigo era tal, que Urso Grande não se atreveu a insistir. Enchemos nossos odres de água, recolhemos capim para os cavalos e encilhamos as montarias. Terminados estes preparativos, estávamos prontos para recomeçar a viagem.

Eram quatro da manhã e começamos a cavalgar vagarosamente pois os cavalos ainda estavam frios. Durante um bom pedaço, fomos cavalgando sobre vegetação exuberante, mas pouco a pouco esta foi se tornado mais seca e escassa. Ao deixar a sombra protetora das árvores do rio, nos pareceu entrarmos no deserto do Saara, tão grande era o calor e a secura que se estendia diante de nossos olhos.

O sol estava muito quente, mas Old Death nos disse:

— Ponhamos os cavalos a trote. Agora estamos com o sol nas nossas costas, mas à tarde estará na nossa cara, e será muito penoso avançar assim.

E esporeou seu cavalo, colocando-o a trotar. Todos fizemos o mesmo, e avançamos bastante. Em pouco tempo estávamos galopando naquele deserto que parecia abrasar-nos.

Nenhum de nós falava, pois era preciso guardar forças e procurar que as montarias não se cansassem inutilmente. Assim passou-se o tempo, até que Old Death, pondo sua montaria em passo, exclamou:

— Olhe aquilo. Fazem duas horas e meia que cavalgamos e já temos o rio Nueces à vista.

Todos olhamos naquela direção que o veterano explorador nos mostrava naquele horizonte que parecia não ter fim. Só um homem excepcional como ele, podia encontrar a rota com aquela facilidade, em lugares onde mesmo os animais perdem a direção.

2.

Uma raia mais escura indicava o lugar por onde passava o rio, mas em suas margens não havia árvores. Alguns arbustos davam conta da presença do veio de água, mas não demasiado abundante, por certo.

Atravessamos sem dificuldade e chegamos a Turkey-Creek, que desemboca nesse rio. Também levava pouca água. Chegamos em Chico-Creek com relativa facilidade, pelas nove da manhã.

Este último quase não tinha água. Tivemos que dar aos cavalos a água que levávamos nos odres, assim como o capim que havíamos recolhido. Descansamos meia-hora e voltamos a cavalgar.

Os cavalos estavam cansados e tivemos que ir devagar. O calor era terrível, e nos incomodava muito, porém, não havia outro remédio senão seguirmos adiante. Ao cansaço natural da jornada, se unia em mim a preocupação pela sorte de Winnetou, que não me deixava sossegar. Em pouco tempo tivemos que dar aos pobres animais o resto da água, pois Old Death nos disse que era preferível privarmo-nos da água do que deixar de matar a sede dos pobres animais.

— Nós podemos resistir — nos disse, — mas eles devem conduzir-nos através deste deserto de fogo.

A areia era muito mole e os pobres animais andavam devagarzinho. Parecia que aquilo não ia terminar nunca, quando Lange exclamou:

— É estranho que o comanches não tenham encontrado Winnetou e seu companheiro ferido.

— Porque certamente todos correram para o rio e não viram as pegadas de Winnetou. Melhor para ele.

— Que sorte teria o chefe apache, se o apanhassem os comanches?

— De pronto, nada ocorreria. Primeiro o levariam até o acampamento, cercado de atenção, e lhe dariam de comer e o tratariam bem. Mas isso é para que os prisioneiros fiquem fortes, para que possam depois infligir-lhes os mais cruéis tormentos. E sendo Winnetou um grande chefe, pode acreditar que sua morte será a mais lenta, cruel e dolorosa possível.

Esta conversa mostrou-me que todos estavam pensando na mesma coisa que eu. Porém esta conversa não contribuiu em nada para mim. Conhecia plenamente a sorte que aguardava meu irmão de sangue, caso caísse em poder dos comanches.

Ao cabo de uma penosa marcha, Old Death exclamou:

— Vamos agora para o Este. Temos que chegar a casa de um amigo meu, descendente de espanhóis. Seu avô recebeu o título de cavalheiro, das mãos de não sei quem. É mexicano, e sua fazenda se chama "Estancia del Caballero".

— Vai nos receber bem?

— Se não fosse assim, não haveria dito que ele é um amigo. Chama-se don Atanásio, e é um tipo muito curioso.

3.

Seguimos o nosso caminho, fazendo verdadeiros esforços para nos mantermos sobre os cavalos, tão cansados nos sentíamos. Os animais também avançavam lentamente. Caminhavam afundados na areia, e estavam tão fatigados, que dificilmente poderíamos avançar mais rapidamente, naquela areia macia e calorenta do deserto.

Pouco a pouco, porém, a areia começou a diminuir, e lá pelas quatro da tarde conseguimos sair daquele terrível lugar. Meia hora depois, vimos à distância as árvores que rodeavam o rio, a vegetação recomeçava a aparecer pelo solo e a pradaria se estendia diante de nós.

Via-se um numeroso rebanho de gado e de cavalos. Nossos cavalos pareceram recobrar o vigor perdido, e se puseram a trotar alegremente. O arvoredo era cada vez mais denso e logo vimos brilhar algo branco dentre ele.

— É a "Estancia del Caballero" — disse Old Death, alegremente. — Está construída no estilo de uma fortaleza indígena, e já poderão ver que é realmente inexpugnável. Todas as precauções são poucas nestas terras perigosas.

Aproximamos-nos para vê-la. Jamais uma construção humana me havia causado tamanha impressão, tão necessitado de repouso e água eu estava. A meus companheiros deve ter-se passado o mesmo, a julgar pela pressa com que nos aproximamos dos muros daquela singular fortaleza.

Estava rodeada por um muro, da altura de um homem, que ocultava o primeiro andar. O edifício era cúbico e sobre o primeiro andar, um sobrado rodeado por uma espécie de galeria. A este andar, sobrepunha-se outro, menor. Parecia que o edifício eram três cubos empilhados em ordem crescente.

Não havia janelas, e sim aberturas para atirar. Toldos a protegiam do sol, e deixavam o ar circular. A casa era completamente caiada, o que a tornava visível à distância. A mim me pareceu um verdadeiro farol de esperança naquele campo de guerra.

Acercamo-nos do portão que dava para o interior. Old Death sorriu e disse:

— Queria conhecer um chefe indígena, capaz de assaltar este palácio. Já verão vocês como a defesa está engenhosamente preparada.

Meteu a mão por um buraco que havia no portão e puxou uma corda. Um tilintar de campainha, que devia ouvir-se através de toda a pradaria, indicou que alguém havia chegado à "Estancia del Caballero".

Minutos depois, apareceu por debaixo do toldo, um rosto de lábios grossos, que perguntou em espanhol:

— Quem chama?

— Don Atanásio está? — perguntou Old Death. — Somos amigos.

— Oh! Sr. Old Death! — disse aquele rosto, sorrindo com alegria. — Já vou descer para abrir-lhe o portão.

Um ruído de ferrolhos, um puxão violento, e o portão se abriu. Porém, ao entrarmos naquele recinto, outra surpresa nos aguardava. O porteiro não havia descido para abrir o portão, como havia dito, mas sim acionado uma corda do terraço onde se encontrava. E então vimos que tínhamos que atravessar uma ponte. O espaço entre o portão e a casa era um profundo fosso, completamente seco.

4.

Perplexos ao vermos que tínhamos diante de nós outro muro, liso, e que não havia meio de entrar naquela casa tão singular, encaramos Old Death. Este nos contemplou sorrindo e disse:

— Já verão como iremos entrar. É uma edificação tipicamente indígena, preparada para tempos de guerra. Esperem e verão.

Logo notamos que, no terceiro andar, alguém nos examinava cuidadosamente. Mas certamente, aquele era um lugar difícil de se atacar, realmente, e despertou-nos a curiosidade saber como iríamos entrar. O enigma logo solucionou-se, já que o homem que nos havia saudado e aberto o portão, apareceu no primeiro andar. Aproximou-se de um dos orifícios e dali jogou-nos uma escada de cordas. Tivemos que subir por ali, para entrarmos no terraço do primeiro andar.

Tampouco ali havia porta. Tivemos que subir até o último terraço, e ali vimos um buraco. Ao nos aproximarmos é que descobrimos haver ali uma escada para descer ao interior da construção. Aquela fortaleza era inexpugnável mesmo para os índios. Poderia ser defen-

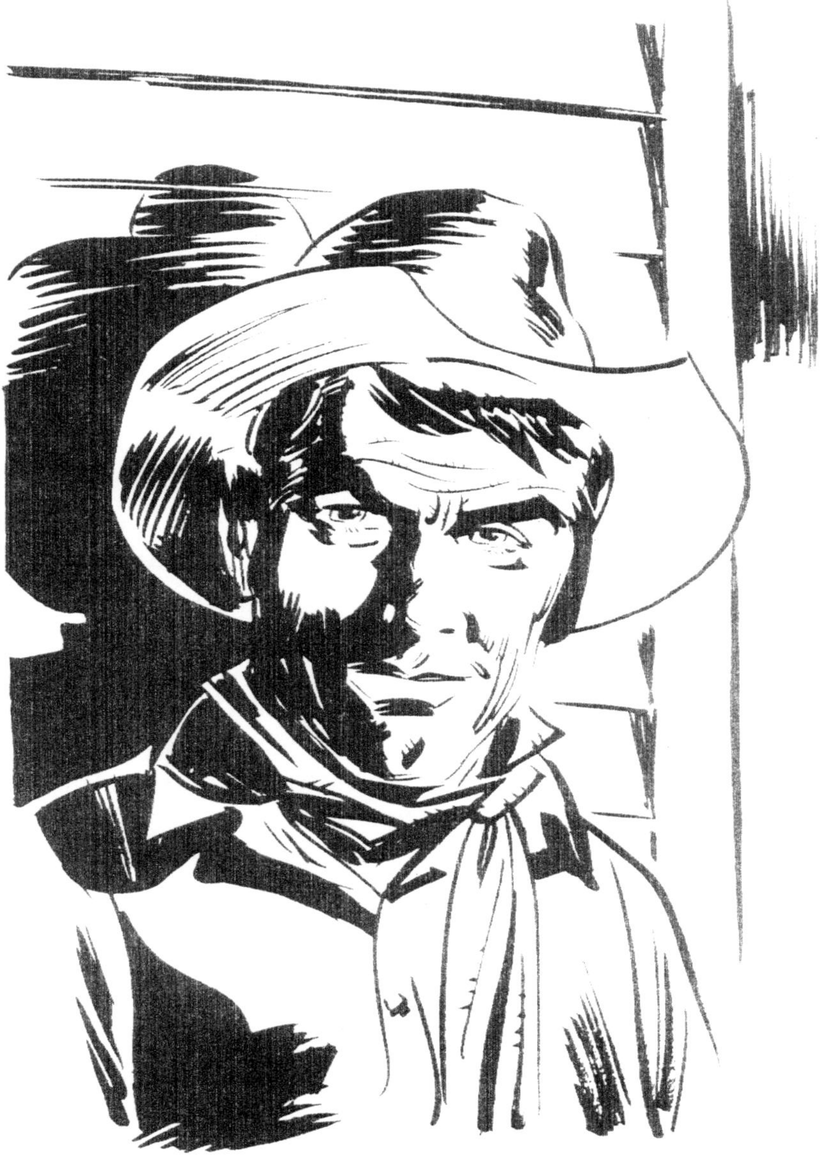

dida por muito poucas pessoas, e tinha todo o aspecto de ser cômoda e acolhedora. Old Death nos explicava, enquanto descíamos:

— Assim se construíam os palácios indígenas no tempo em que as guerras eram diárias. Já viram como é impossível entrar através da força, e é muito simples varrer a tiros os três pavimentos. Don Atanásio tem somente vinte homens, entre vaqueiros e peões. Com eles bem armados, cem índios não conseguem pôr o pé no primeiro piso, se ele assim não quiser.

Ao descermos, nos encontramos numa espécie de corredor, iluminado pela luz dos orifícios. Pude observar que dali, a vista era soberba e que se enxergava todo o vale. Ao fundo corriam as águas de Elm-Creek, que fertilizavam aquele terreno. Aquela era uma estância magnífica, sob todos os pontos de vista.

Chegamos a uma espécie de pátio, deliciosamente fresco. Ali apareceu outro criado, que nos disse:

— Tenham a bondade de esperar aqui, enquanto anuncio ao senhor a sua visita.

Nos quedamos ali e Old Death, sorrindo, nos advertiu:

— Se eu tivesse vindo só, já teria me encontrado com don Atanásio. Mas como estou acompanhado, quis certamente lavar-se. É de origem espanhola, e os espanhóis dão muita importância à etiqueta. Não se assombrem se ele aparecer de uniforme; ele foi coronel de não sei qual regimento mexicano.

Nisto o criado voltou, e indicou-nos que podíamos passar. Entramos em um salão, com móveis muito antigos e de aspecto senhorial. A luz entrava pelas frestas que faziam as vezes de janela, e estava velada por finas cortinas brancas. No centro da sala, um senhor alto, magro, de barba e cabelos completamente brancos, nos esperava.

5.

Tal como havia dito Old Death, trazia uniforme. Uma calça vermelha com galões dourados, botas de montaria reluzentes, blusa azul adornada de divisas e galões. Pendia de seu cinto uma espada com bainha de couro, na mão segurava um tricórnio com detalhes em ouro, e em um dos lados brilhava um broche deslumbrante, do qual pendia um grande barrete colorido.

Ao chegarmos diante dele, o velho bateu continência e exclamou:

— Bem-vindos, senhores, a esta casa que é sua desde agora.

Diante de recepção tão cerimoniosa, nos inclinamos todos em silêncio, e Old Death respondeu numa linguagem impecável:

— Obrigado, capitão. Ao chegar a esta região quis que meus companheiros conhecessem o valente defensor da independência mexicana, e com sua permissão, vou apresentá-los.

Old Death apresentou-nos, um a um, e o velho cavalheiro apertou a mão de cada um de nós, convidando-nos a sentar. Meu amigo então perguntou pelas damas da casa, e o capitão aproximando-se de uma porta, abriu-a e as chamou. Apareceu uma dama muito formosa ainda, e uma senhorita muito jovem, que logo supus ser neta dos donos da casa. Ambas vestiam-se com elegância.

A conversa generalizou-se e nós explicamos mais ou menos o objetivo de nossa viagem. Pudemos perceber que nossos anfitriões trocavam olhares enquanto falávamos, e ao terminarmos, don Atanásio falou:

— São eles, não temos dúvida.

— Quem? — perguntou Old Death.

— Os viajantes que acolhemos aqui. Fazem três horas que partiram.

Eu tirei os retratos e os mostrei. Então, a jovenzinha exclamou:

— Certamente, não faz muito tempo que estes homens estavam aqui!

— Não se preocupem — disse o velho estancieiro. — Meus vaqueiros os estão seguindo e já nos trarão notícias.

— Porque? — perguntou o explorador, muito interessado.

— Porque Gibson e os falsos soldados que conduz ao México, pagou com ingratidão minha hospitalidade. Foram até onde mantenho meus cavalos, e fingindo levarem um recado meu, levaram seis de meus melhores cavalos. Por isso meus vaqueiros o estão perseguindo.

— Creio que pode o senhor despedir-se deles — disse, fleugmaticamente, Old Death. — Aonde o senhor Gibson põe o olho, é difícil que as coisas andem direitas.

— Veremos, veremos — disse o velho, tranqüilamente. — Meus homens são capazes, e têm ordem de capturar os ladrões. Ainda mais porque abusaram da minha boa-fé. Mostrei-lhes toda a minha casa, e ainda lhes confiei o segredo do índio ferido.

— O índio ferido?

— Sim. Os senhores acabam de me contar sobre o ocorrido em Forte Inge, e de que um dos emissários conseguiu escapar, ainda que muito ferido. Este homem é o grande cacique Inda-Nichu, um chefe respeitável e ancião. Eu o tenho aqui em casa.

— Inda-Nichu, que significa Homem Bom! Nenhum chefe apache ostenta um nome mais justo que este!

— Winnetou conseguiu alcançá-lo pouco antes de atravessar o rio, e o encontrou ferido no ombro e na virilha. Fez uma bandagem, mas o pobre ancião tinha febre, e enganando todos os comanches, Winnetou o trouxe aqui. Eu mesmo os recebi, e o grande chefe apache suplicou-me que recebesse Inda-Nichu e que dele cuidasse, enquanto ele ia avisar aos apaches da negra traição dos comanches.

6.

Eu a tudo escutava, angustiado, pensando que Winnetou talvez tivesse tido sorte e conseguido escapar do cerco comanche. Tudo levava a crer que sim, e eu rogava aos céus que assim fosse.

Old Death disse que gostaria de ver o ferido, e o dono da casa se prontificou em acompanhar-nos. Nos despedimos das damas e, em companhia do estancieiro, fomos para o andar de baixo. Ali vimos o apache ferido, cuja respiração difícil dava a entender a gravidade de sua situação. Don Atanásio nos contou que Winnetou havia feito um emplastro de ervas medicinais e esperava que a febre cedesse, com o que o velho chefe estaria salvo.

Voltamos a subir para o outro andar, e ocorreu-me dizer que gostaria de banhar-me no rio. Don Atanásio, sorrindo, me disse:

— Se quer sair, pode fazer isso daqui mesmo.

— Não se tem que usar as escadas?

— Não. Temos saídas secretas para nosso uso. Venha e eu as mostrarei. Eu as fiz para o caso de índios invadirem o recinto.

Enquanto falava, fez girar lentamente um armário encostado em uma das paredes. Apareceu uma porta, oculta por espessa moita. Saímos para o pátio e o percorremos até chegarmos a outra moita. Ali atrás estava outra porta, que dava para o rio.

— Não precisa subir novamente — me disse o amável senhor. — Pedirei que lhe levem as roupas para o senhor trocar-se.

Naquele momento soou a campainha, e o cavalheiro foi abrir a porta. Apareceram uns cinco cavaleiros de aspecto arrogante e bem cuidado. Eram os vaqueiros que haviam saído em perseguição a Gibson e seu bando.

— Não os alcançou? — perguntou o velho.

— Não, senhor. Quando já íamos conseguir cercá-los, vimos aproximar-se um bando de índios. Nos escondemos, e pudemos ver como eles se juntaram aos índios.

— Viram se os índios os trataram bem?

— Não, senhor. Estávamos muito distantes para observar isto. E nos afastamos dali, pois éramos poucos para caçá-los, sendo eles tantos.

— Fizeram muito bem. Vale mais um homem, que todos os cavalos da fazenda. Para onde se dirigiram?

— Para o rio Grande.

— Então, boa viagem. Já não temos mais que nos preocupar com este assunto.

O bom cavalheiro subiu a escada e eu me dirigi para a porta que dava para o rio. Um peão veio ao meu encontro, trazendo roupas limpas.

— Quando terminar seu banho — me disse, — toque a campainha e eu abrirei a porta em seguida.

7.

O peão desapareceu, e eu tratei de limpar-me. Aquele banho, depois daquela jornada esgotante, me fez muito bem. Acabava de vestir-me quando algo me fez olhar atentamente para adiante. Corri até o portão da estância e toquei a campainha rapidamente.

O peão abriu a porta imediatamente, e eu lhe disse:
— Corra e avise ao senhor. Um bando de peles-vermelhas se aproxima.
— São muitos?
— Uns cinqüenta.

O homem pareceu acalmar-se e replicou:
— São poucos. Com o dobro já nos atrevemos, e ganhamos. Eu não posso subir, porque tenho que avisar aos vaqueiros. Mas, o senhor sim. Feche a porta, passe a tranca e suba pela escada, que está preparada. Não se esqueça de retirá-la quando estiver lá em cima.

O peão foi então avisar aos vaqueiros, e eu fiz o que ele havia me indicado. No primeiro andar encontrei don Atanásio e Old Death. Expliquei-lhes o que ocorria.

— Nada acontecerá — disse o estancieiro, tranqüilamente. — Os rebanhos estarão a salvo dentro de uns minutos, e nós somos o bastante para nos defendermos durante muito tempo. Os índios se limitarão a fazer campana e nos dizer o que querem.

Old Death fez um gesto de incredulidade.
— É muito possível que isto não seja assim tão simples. Estou certo de que Gibson disse aos comanches que o índio ferido está aqui. Por isso estão vindo.
— São apaches ou comanches? — perguntou-me o estancieiro.
— Não consegui distingui-los. As pinturas encobriam-lhes as feições.
— Se são apaches, vieram recolher seu chefe, e nada acontecerá. Se são comanches, eles que não se atrevam a nos enfrentar, pois receberão merecida lição.
— Eu creio que haverá tumulto — disse Old Death. — Caso os comanches peçam o velho índio, pensará o senhor em ceder aos seus desejos?

— De maneira alguma! Winnetou é meu amigo, e eu lhe fiz uma promessa!

— É um homem honrado, don Atanásio, e eu me alegro disso. Mas não se esqueça que conheço bem o chefe comanche, e quisera poder desviar o golpe que nos ameaça.

* * *

Eu corri a buscar as armas, e da janela do quarto que haviam me destinado, pude ver como os índios se aproximavam, silenciosos. Levavam consigo largos troncos de árvore, muito finos, que não conseguia imaginar a serventia. Mas logo me inteirei da utilidade deles. Com ajuda daqueles compridos paus, entraram tranqüilamente no primeiro andar da estância, e quando dei por mim, e corri ao encontro dos outros, os comanches já estavam dentro da casa.

Don Atanásio apareceu e perguntou, firmemente:

— Que quer o pele-vermelha, e porque entra assim em minha casa sem pedir permissão?

O chefe dos comanches, que era o único que tinha um rifle nas mãos, replicou:

— O homem branco é seu inimigo, pois tem aqui alojado um apache. Todos os que têm relação com os apaches, são inimigos dos comanches.

— Eu não sou inimigo de ninguém. Todo índio é meu amigo, seja de que tribo for.

— Homem branco mente descaradamente. Não deu então asilo a um apache ferido?

— Eu não minto nunca, e vou dizer-lhe francamente...

— Silêncio! — disse Old Death, rapidamente. — Vai dizer que abriga aqui o ferido?

— Eu não tenho porque escondê-lo! — exclamou o mexicano, com arrogância.

— Mentir é pecado, eu sei, porém neste caso equivale a suicidar-se, sem proveito para ninguém. Deixe-me falar, quem sabe não ajeito a situação.

Old Death avançou e perguntou, no linguajar da fronteira, que era utilizado por don Atanásio:

— Quem é que diz tais palavras? O que afirma o irmão vermelho, nos pega de surpresa. Como puderam pensar que aqui havia um apache?

— Está mentindo, para que pensemos estar enganados — disse o chefe comanche.

— O homem vermelho acaba de pronunciar uma palavra que pode custar-lhe caro. Se tornar a repeti-la, meus homens dispararão.

— Não tenho medo de suas armas. Lá fora têm comanches, tantos como são dez vezes dez. E logo virão todas as tribos. Dispara, e esta casa será destruída em pouco tempo. O homem branco tem uma boca grande e larga, deve pensar um pouco antes de tratar com o chefe comanche.

Old Death fez um gesto de desdém.

— Quem é o chefe comanche? Não vejo ninguém aqui com a pena do corvo, nem da águia, que distingue os grandes chefes dos simples guerreiros. Eu, ao contrário, sou Grande Chefe entre os brancos. Sou "Koscha-Pehve", fumei o "calumet" da paz com Oyo-Koltsa, e ontem a noite estive com Avat-Vila. Sou amigo dos comanches, porém se um de seus guerreiros me insulta, chamando-me de mentiroso, acabarei com todos vocês a tiros.

* * *

Aquilo impressionou os comanches. O chefe retirou-se para confabular com os seus, e Old Death disse, rapidamente:

— Há alguma maneira de esconder o índio ferido?

— Sim — respondeu don Atanásio. — Utilizando-se a porta secreta, a qual este senhor usou para chegar ao rio.

— Bem, pois tirem o ferido daqui então, rapidamente, e disfarcem o local onde ele estava, de modo que pareça um quarto habitualmente usado.

Eu me dirigi para o interior, enquanto don Atanásio dava rápidas ordens a um dos seus rapazes, e Old Death tornava a falar com os índios, dizendo-lhes que deviam crer em sua palavra, que ele era um homem de bem e amigo dos comanches.

Eu corri para tirar o ferido o quanto antes dali.

Não havia um minuto a perder. Old Death conseguiria entreter um pouco mais aos raivosos comanches, porém não muito tempo. E se encontrassem o índio ferido ali, podíamos enfrentar graves conseqüências. Mas naquele momento, o que mais me preocupava era a sorte de meu amigo Winnetou e do velho chefe apache, que a generosidade e a hospitalidade de don Atanásio e sua fidalga família haviam acolhido.

8.

Acompanhado pelo mesmo peão que havia aberto a porta secreta para mim, fui até onde estava o apache ferido. As senhoras logo se inteiraram do que deveriam fazer, e com grande disposição, trataram de nos ajudar. Envolvendo o ferido numa manta, eu e Pedro, o peão, o tiramos por uma portinha, sem grandes problemas.

Ao sairmos, não vimos ninguém. Mas até chegarmos ao rio, havia um trecho descampado para se atravessar. Deixei Pedro com o ferido, escondido numa moita, e saí a inspecionar os arredores. Convinha saber se os comanches haviam deixado sentinelas.

A precaução resultou proveitosa. Um índio estava cuidando dos cavalos. Eu devia agir rapidamente, mas não podia aproximar-me dele. Era preciso atraí-lo até onde eu estava. Aproximei-me do muro outra vez e andei uns metros, para poder aparecer em um local distante da porta secreta.

O comanche não me viu até que apareci outra vez. Ordenou-me que me detivesse, porém eu não lhe fiz caso. Corri até o rio e me lancei nele com a cabeça baixa, para evitar que me reconhecesse se me tornasse a ver. A flecha que disparou sibilou na água, porém eu já nadava rumo ao norte.

O sentinela havia corrido até o rio, porém como não me via, também jogou-se na água. Eu nadei o que me pareceu prudente, e logo saí dali entre um canavial que impedia o índio de me ver.

Escondido, pude vê-lo chegar arquejante e sair da água um pouco mais acima. Este era o momento que eu esperava. O homem examinava a margem, em busca das minhas pegadas, e quando menos esperava, apareci por detrás e dei-lhe um golpe que o fez perder os sentidos. Recolhi o corpo e o escondi.

Corri outra vez para o rio, e para não deixar rastro, ia na ponta dos pés. Lancei-me na água, alcancei o lugar onde Pedro estava com o ferido, e o levamos até onde o dono da estância tinha um barco, tudo isso em questão de poucos minutos.

Acomodamos o chefe apache entre as mantas, no barco, e o levamos até uma espécie de refúgio natural, entre um canavial e umas trepadeiras, que Pedro conhecia. E corremos de volta para casa, sem maiores novidades. Fechando apressadamente a porta, a dona da casa deu-nos roupas secas e apressei-me em trocar-me. Em tudo aquilo havíamos gasto cerca de vinte minutos, e eu estava curioso para saber como Old Death tinha se arranjado para deter os comanches.

9.

Quando subi, escutei a voz indignada de Old Death, que dizia:

— O homem vermelho não deve duvidar da minha palavra. Acreditou neste tal de Gavilán, que não passa de um mentiroso e corre perigo de indispor-se com os amigos por causa disto.

— Eu vou ver se você diz a verdade — respondia o chefe indígena, teimosamente. — Se você está dizendo a verdade, eu pedirei desculpas, mas preciso saber se o apache está ou não aqui.

Ao ver-me aparecer, Old Death retrucou:

— Se concordarem em deixar as armas, os deixaremos entrar. Porém, somente três. Os demais ficarão onde estão.

Os índios discutiram a situação, entre si, e acabaram por aceitar o que se lhes pedia. Deixaram as armas e entraram três na casa. Don Atanásio os guiava, e eu os acompanhava.

Os comanches se dirigiram rapidamente ao quarto em que tinha estado o ferido. Quando don Atanásio abriu a porta, o chefe indígena entrou rapidamente, mas saiu fazendo caretas.

— Houg! — exclamou. — O quarto das mulheres! Nenhum guerreiro entrará aí!

Vasculharam minuciosamente a casa, o que levou cerca de hora e meia. Quando se convenceram de que ali não tinha nenhum ferido, as senhoras saíram do quarto, e eles entraram e o revistaram minuciosamente. Assim, comprovaram que ali não havia ninguém. Por fim, o guerreiro comanche teve que confessar que Old Death tinha razão.

— Eu lhe assegurei, mas você não quis acreditar. Não deixarei de dizer isto a Castor Branco, quando o encontrar.

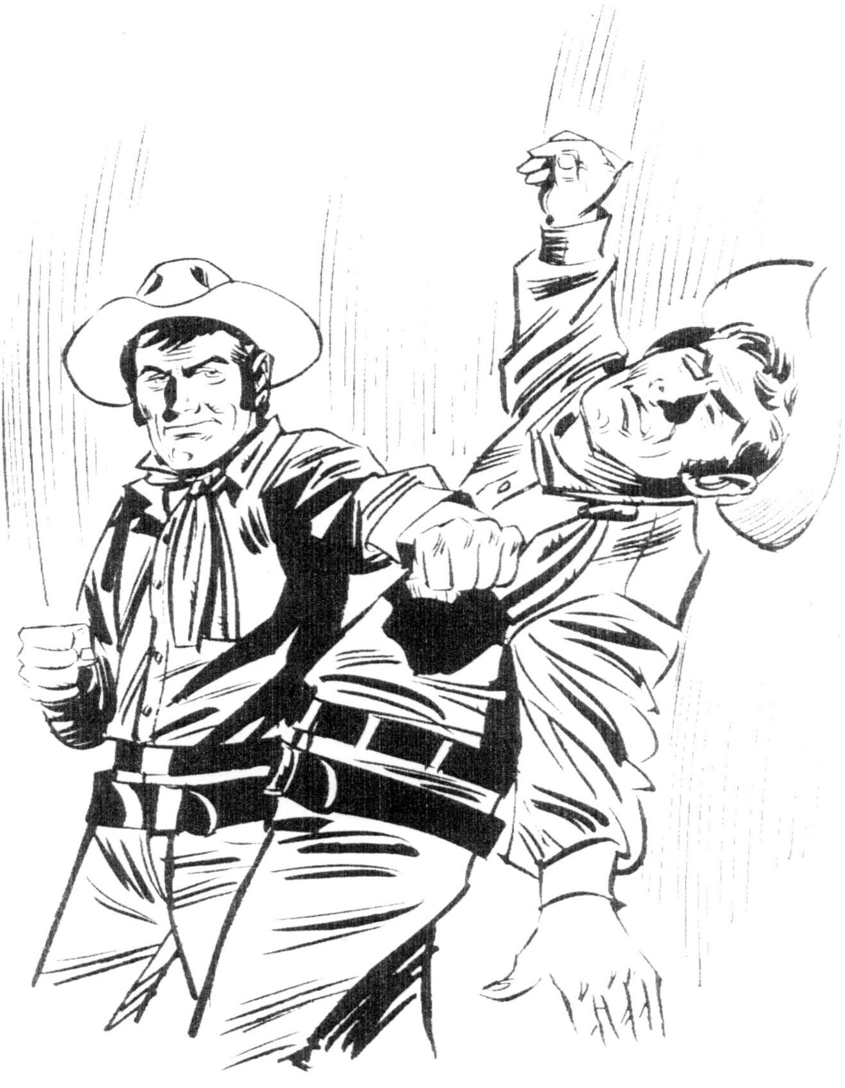

— Se meu irmão quiser vir, nós estamos indo encontrá-lo.

— Não posso seguir viagem hoje. Meu cavalo está cansado demais, e se vocês precisam continuar caminho...

— Não, as sombras da noite já caem, e o comanche não viajará hoje. Amanhã poderemos ir onde está nosso chefe.

— Nesse caso, irei com vocês. Devo preveni-los contra o mentiroso que os enganou, e tentou fazer-me passar por mentiroso.

Don Atanásio deu permissão aos índios para acamparem em suas terras, e acrescentou:

— Todo aquele que chega pacificamente em minha casa, é meu amigo. Eu sou amigo do homem vermelho, seja qual for a sua tribo. Darei um bezerro para que possam cear. Já podem preparar a lenha e fazer uma fogueira para assá-lo.

10.

Saímos com os comanches até o exterior da moradia, e ali vimos os sentinelas a postos. Naquele momento aproximou-se, completamente molhado, o sentinela que eu havia deixado desmaiado próximo ao rio. Chamou ao jovem chefe e lhe disse algo, distante de nós. O comanche voltou-se indignado para mim, e me disse, ao terminar a narração do sentinela:

— Você estava fora da casa e agrediu a este homem...

Old Death acudiu a tempo de defender-me.

— Como diz? Em que se baseia este homem para afirmar tal coisa?

— Jogou-se no rio para enganar-me — disse o sentinela. — Eu não o vi sair, mas me agrediu, e me deixou desmaiado. Era este... — e me apontava, sem a menor hesitação.

— Jogou-se na água? E como é que ele está seco e você parece um pato? Toque sua roupa e veja se ele está molhado!

— Trocou-se ao entrar em casa — disse o sentinela, acintosamente.

— E por acaso, alguém pode entrar na "Estancia del Caballero" sem subir pelas escadas de corda? Algum destes sentinelas, que aqui estão, viram meu amigo entrar?

Todos negaram, e então don Atanásio encerrou a conversa, dizendo:

— Há uma quadrilha de ladrões na região. Sem dúvida, o homem que o pele-vermelha viu foi um deles.

E não se falou mais neste assunto, mas um grupo de comanches foi examinar as margens do rio. Quanto a nós, Old Death e eu, fomos também, sem pressa, como que interessados nas investigações dos índios, mas na verdade íamos era até o barco onde o ferido estava escondido. Fingindo que estávamos conversando tranqüilamente, e observando os comanches, Old Death sussurrou:

— Quem lhe fala é Old Death, com o cara pálida que ocultou a Homem Bom. Os comanches estão convencidos de que o apache está longe, e reiniciam sua perseguição amanhã ao amanhecer. Poderá o apache resistir neste barco, até amanhã?

Uma voz débil, mas muito clara, respondeu:

— O apache suportará perfeitamente a noite no barco. Já não tem febre, e se encontra melhor. Queria saber quando parte o cara-pálida que ajudou a escondê-lo.

— É meu amigo, e parte amanhã comigo.

— Sozinhos?

— Não, vamos com os comanches. Temos que procurar o homem que o delatou e que está com eles. É nosso inimigo.

— Encontrarão meus amigos os guerreiros apaches?

— Certamente.

— Então, que Old Death me traga esta noite uma faca e um pedaço de couro. Quero fazer um "totem" para o cara-pálida que me salvou.

— Assim o farei.

Old Death afastou-se comigo, e vimos os comanches regressando também, frustrados em sua malfadada investigação. Nos reunimos, e o chefe guerreiro disse:

— As pegadas não são claras, e a luz é pouca.

Como o bezerro já havia chegado, preferiram cear a procurar e investigar mistérios, e assim deixaram passar o incidente. Nós fizemos o mesmo, apressando-nos em cear e a dormir, pois o dia havia sido movimentado.

Pareceu-me ter acabado de adormecer quando Old Death me despertou. Trazia o "totem" que o apache ferido havia feito para mim durante a noite. Era um pedaço de couro, com uns recortes. Eu o olhei perplexo e Old Death riu-se a mais não poder.

— Isto é um "totem"? — perguntei.

— Se algum dia tiver ocasião de mostrá-lo a um apache, verá o que representa ter em sua mão este presente de Inda-Nicho. Poucos homens brancos podem vangloriar-se de presente semelhante.

Eu o guardei, e Old Death disse-me, antes de sair:

— Não deixe que os comanches o encontrem. Estaria perdido se vissem que leva isto!

Aprontei-me apressadamente, e dentro em pouco já tinha tomado o café junto aos hospitaleiros donos da casa. Os comanches também o faziam, com o resto da ceia. Meia hora depois estávamos prontos para começar a marcha.

Despedimo-nos de don Atanásio e de sua família, que nos desejaram boa viagem, e em companhia dos comanches, seguimos caminho.

No momento da partida, o estancieiro, ao ver nossos cavalos, disse:

— Essas cavalgaduras não são apropriadas para vocês. Vou arranjar-lhes cavalos decentes, para cavalgarem bem pela pradaria.

E assim foi. Os vaqueiros encilharam cavalos maravilhosos, os melhores possíveis para se viajar pelo Oeste americano. Agradecemos efusivamente a generosidade do estancieiro, e partimos para outra etapa de nossa viagem.

Dentro em pouco, a "Estancia del Caballero" perdeu-se nas brumas da manhã e a vegetação terminou por encobri-la. Mas a recordação daquele generoso homem, e sua original casa-fortaleza, jamais se apagou de minha memória.

Castor Branco

1.

Ao sair o sol, já havíamos alcançado Elm-Creek, e dali saímos em disparada na direção oeste. Nós íamos junto com o chefe na frente, seguidos pelos guerreiros comanches.

Estes tinham ordem de dirigir-se, em marcha forçada, ao rio Grande, pois Castor Branco sabia por Gibson que Winnetou havia conseguido atravessá-lo e temia que os apaches o surpreendessem, se o grande cacique apache conseguisse reunir seu povo.

Duas horas depois chegamos onde os comanches haviam se separado do grosso da tropa no dia anterior. Ao sul se via Eagle-Pass, e mais atrás, o forte Duncan, do qual nenhum comanche se aproximaria. Os homens de Castor Branco deviam ter saído ao amanhecer, mas o fizeram com grande cautela, já que as pegadas eram numerosas e profundas.

Haviam deixado sinais para indicar sua direção, e nosso grupo não teve dificuldades em encontrar a passagem para cruzar o rio. Castor Branco sabia conduzir sua gente, isto era certo.

Logo nos encontramos na região que limita rio Grande e o bolsão de Mapimi. É um extenso planalto arenoso, no qual não se encontram mais que cáctus, amontoados aqui e ali. Conseguimos cruzá-lo durante o dia, graças à resistência de nossos cavalos.

Começava a escurecer quando, de repente, as pegadas dos comanches que nos precediam mudou de repente de rumo, dirigindo-se para sudoeste. Old Death desmontou e observou com cuidado:

— Chegaram dois cavaleiros índios, quando o núcleo de comanches chegou aqui. Sem dúvida traziam notícias que os fizeram mudar de rumo.

O chefe comanche estudou as pegadas e confirmou as palavras do explorador. Pudemos seguir as pegadas durante todo o crepúsculo, mas nos foi impossível seguir quando se fez noite cerrada. Decidimos descansar por aquela noite e desmontamos.

Meu cavalo começou a relinchar e percebi que o animal farejava água. Deixei-o ir para onde queria, e logo encontramos o leito de um rio. Deixamos os animais beberem e preparamos o acampamento para dormirmos. Os comanches assim o fizeram também.

2.

No dia seguinte, pudemos ver o local por onde o grupo principal de comanches havia atravessado o rio. Tornamos a seguir os rastros, e ao meio-dia avistamos uns montes pelados e desertos.

Old Death olhou aquilo muito preocupado. Eu perguntei-lhe o que se passava, e ele respondeu:

— Isto não me agrada nem um pouco. Não compreendo como Castor Branco se meteu nestes lugares. Então você não conhece esta região que estamos percorrendo?

— Sim. É o bolsão de Mapimi.

— Exatamente. É aqui o local predileto para os índios armarem ciladas. Nenhum povoado desta região está seguro, pois os índios atacam de surpresa, e destroem tudo. Ao meter-se aqui, creio que Castor Branco cometeu um enorme equívoco. Isto é um beco, cuja saída não encontrará.

— Não seria melhor avisá-lo?

— Tente o senhor, e verá que não lhe darão ouvidos. Diga a um tolo que ele é um tolo, e ele o olhará com desprezo, dizendo que o tolo é você. Pois então não foi isto que me aconteceu quando alertei ao chefe deste bando de estúpidos?

— Então o senhor o avisou?

— Claro que sim. E sabe o que ganhei em troca? Pois um bufar e umas palavras pouco corteses, dizendo que sou livre para ir a qualquer parte, se isto me aprouver.

Seguimos caminhando em silêncio. Nossas pobres cavalgaduras já não se agüentavam mais, porém tínhamos que encontrar um local onde passarmos a noite. As pegadas que íamos encontrando demonstravam que o grupo que perseguíamos também ia vagarosamente. A região era completamente inóspita.

Porém, ao sul, começaram a surgir manchas escuras, o que queria dizer que por ali passavam as águas de um rio, e que havia vegetação. Quando Old Death viu isto, seu rosto iluminou-se com um sorriso.

— Estamos perto do leito do rio Sabinas, que vem do Mapimi. Se os comanches seguem seu curso, viajaremos bem, pois onde há água, há pasto e caça. Duas coisas muito necessárias nesta região.

Tudo consistia, pois, em averiguar se nossos eventuais guias na viagem, iam seguir aquela rota. Era provável, pois também eles precisavam de água, mas nada era certo. E tratamos então, de aproveitar aquela situação, já que não sabíamos o que iria acontecer.

3.

As pegadas que seguíamos iam para o oeste. Assim entramos em um apertado barranco, diante do qual descortinou-se um formoso vale. Os cavalos então correram como loucos até a água e nos vimos forçados a deixá-los ir até o rio.

Uma vez que repusemos nossas forças, nos apressamos em continuar. Começava a escurecer e tínhamos que procurar um lugar onde acampar. Mas o chefe da expedição não nos permitiu deter-nos, e já era alta noite quando se deteve. Old Death fez-me um sinal para esperá-lo, enquanto ele avançava em busca de notícias.

Pouco depois regressou, dizendo:

— Os comanches estão acampados aqui. Castor Branco mandou batedores explorarem o terreno, porém não regressaram ainda. Por isso se dispuseram a passar a noite neste vale.

Eu vi brilhar algo entre a mata, e disse:

— Estão acendendo fogueiras? Pensava que elas não eram recomendáveis, em tempos de guerra.

— O relevo do terreno assim o permite. Ou então Castor Branco está tão convencido de que o inimigo se encontra distante, que autorizou a formação de pequenos grupos com fogueiras.

Segui Old Death e, ao final do barranco divisamos as fogueiras baixas e veladas, como costumam acendê-las os índios.

Todos os comanches que nos haviam acompanhado durante a viagem, haviam se dirigido para o acampamento de seu cacique. Nós tivemos que esperar um bom tempo até que vieram buscar-nos. Um jovem comanche nos levou à presença do grande chefe, que estava sentado em companhia dos velhos guerreiros, diante da fogueira principal.

O aspecto de Castor Branco era imponente. Levava o cabelo preso, e nele se viam cravadas penas de águia, símbolo de sua liderança. Seu rosto grave e sério, era o de um homem que sabe o que quer e para onde vai. Ao ver avançar Old Death se levantou, e estendeu-lhe a mão, no estilo europeu, enquanto dizia:

— Meu irmão Old Death é bem-vindo entre os comanches, para unir-se na luta contra os apaches.

Havia falado em inglês, que Old Death empregou também para responder:

— O Grande Manitu faz as coisas direito, e conduz seus filhos por caminhos insuspeitos. Feliz o homem que encontra um amigo em cuja palavra pode confiar. Castor Branco fumará o cachimbo da paz com meus amigos?

— Os amigos de meu amigo, são meus amigos. Sente-se homem branco, e fumaremos juntos o "calumet" da paz.

Old Death sentou-se e nós fizemos o mesmo. O negro Sam ficou mais afastado. E assim começou a conversação.

4.

Castor Branco já sabia do que acontecera na "Estancia del Caballero", e pediu que Old Death lhe explicasse o ocorrido. Este o fez com tal habilidade, que tanto don Atanásio quanto nós, ficamos livres de toda suspeita. Porém, Castor Branco era muito esperto, e farejando algo, perguntou:

— Como é possível então que os brancos que estavam na estância antes de vocês, viram o índio ferido?

— Enganaram-te, Castor Branco. Eles não viram o ferido.

— Como posso acreditar nisso? Eles também fumaram o "calumet" da paz comigo.

— Isto aconteceu, Castor Branco? Se eu estivesse por perto, você não teria sido enganado por eles. Diga-me uma coisa: a favor de quem o seu coração se inclina? Juárez ou Napoleão?

— Juárez é um índio renegado, que vive em casas de pedra como os cara-pálida. Napoleão, ao contrário, deu aos índios mantas, armas e munições. Inclino-me para o lado dele.

— Pois bem; esses brancos que chegaram antes de nós, são partidários de Juárez.

— Necessito provas para acreditar nisso.

— Você as terá. Escute o que ocorreu: Don Atanásio tinha em sua casa um grande chefe francês, e ao receber em sua casa estes brancos que estiveram contigo, se viu obrigado a escondê-lo. Como eles o procuravam, não teve outro remédio senão pintar-lhe o rosto como a um índio.

— Esses homens o viram.

— Mas não viram a Inda-Nicho, e sim a um chefe das tropas francesas que Don Atanásio tentava salvar.

— E porque lhe deu o nome do apache ferido, exatamente?

— Porque seus cabelos grisalhos e sua conformação física, facilitava que se confundissem.

— Mas meus guerreiros rastrearam a casa e não o encontraram.

— Naturalmente, porque já havia ido quando os brancos partiram. Os homens que teve em sua companhia são soldados de Juárez.

— Impossível!

— Chama ao chefe deles e eu o interrogarei em sua presença.

— Não compreendo como isso é possível. Eles me disseram que eram a favor dos comanches.

— Enquanto o grande Castor Branco os ajudar, irão a favor dos comanches, porém logo se unirão às tropas de Juárez. Escuta; nós estamos vindo de La Grange. Ali há um homem de Juárez, que recruta homens para ele. Fingimo-nos amigos do índio renegado, dissemos que queríamos juntar-nos à suas tropas e nos deu passaporte para cruzar o território. Este homem se chama Cortés. Meu companheiro leva outro passaporte igual, e esses dois amigos viviam em frente à sua casa e o conhecem bem.

— Está bem, acredito em você. Que chamem ao chefe dos cara-pálida.

Dentro em pouco apareceu um jovem arrogante, vestido com o uniforme típico dos guerrilheiros mexicanos. Seu ar era aguerrido e nos lançou um olhar desafiador. Old Death levantou-se e o saudou amavelmente.

— Trago-lhe saudações do senhor Cortés. Venho de La Grange.

— O senhor esteve com ele? — perguntou o outro, mudando de expressão, sem dar-se conta de que mordia a isca.

— Sim. Somos amigos há anos. Quando eu cheguei, não pude unir-me aos senhores, e para isso tive que galopar muito para encontrá-los. Cortés nos deu as indicações necessárias para alcançá-los.

— Verdade? E que direção lhes indicou?

— O vau entre Las Moras e rio Moral. Daí devíamos ir até Baya y Tabal, para chegar a Chihuahua. Porém vocês se desviaram bastante da rota.

— Porque encontramos nossos amigos comanches.

— Amigos? Mas, se são seus adversários...

O homem ficou ereto, tossiu e tratou de fazer com que Old Death se calasse, mas este continuou:

— Os comanches são a favor de Napoleão, e os senhores a favor de Juárez.

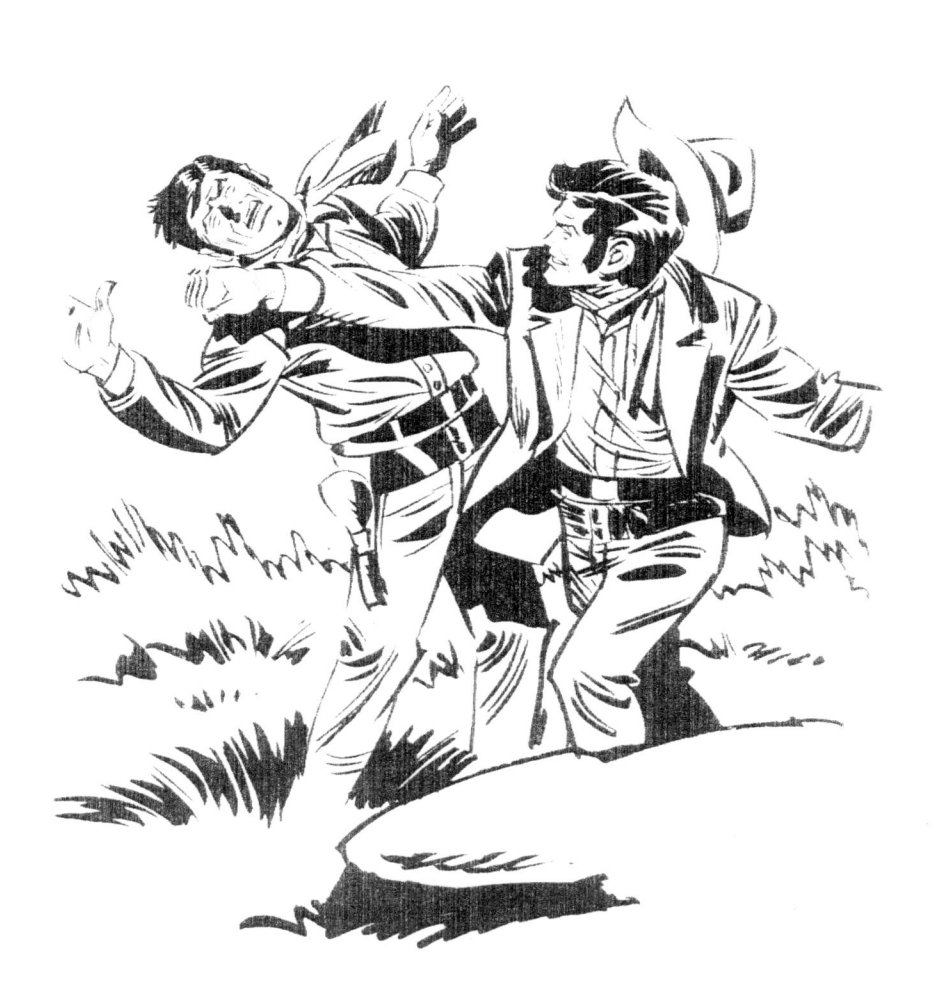

O mexicano conseguiu balbuciar:

— O senhor está equivocado. Nós vamos nos unir a Napoleão. Somos partidários dos franceses.

— Então, como recrutam homens no Texas para que vão ao México? Agora, eu é que não estou entendendo.

— Nós os recrutamos, mas para lutar ao lado dos franceses.

— Ah, já entendi! O senhor Cortés é agente de Napoleão.

— Naturalmente!

— Pois eu achava que ele apoiava Juárez.

— Já lhe disse que está enganado. Essa idéia nunca passou pela mente do senhor Cortés.

— Bem, pois muito obrigado por haver posto as coisas em seus devidos lugares. O senhor pode voltar ao seu lugar.

O mexicano nos olhou com rancor e partiu. O rosto de Castor Branco era impenetrável. Old Death sentou-se outra vez e tirou seus documentos do cinto.

— Toma isto, chefe comanche, e olhe você mesmo se não tinha eu razão em dizer que acabam de mentir em sua presença.

O chefe índio examinou os papéis com atenção. Um sorriso brincou em seus lábios e ele disse:

— O homem vermelho não conhece a arte de falar com um papel, porém já viu várias vezes o "totem" de Juárez que aparece aqui. Entre seus guerreiros, há um que esteve vários anos em companhia dos brancos. Que ele venha.

Pouco depois estava ali um rapaz, com a pele um pouco mais branca que seus companheiros. Acocorou-se para ler o passaporte de Old Death e começou a traduzir o que lia. O rosto de Castor Branco iluminava-se, à medida que o comanche ia lendo.

Ao terminar a leitura, o jovem índio devolveu os papéis ao chefe comanche, orgulhoso de ter mostrado sua sabedoria. Este os entregou a Old Death, que lhe disse:

— Quer ver também o de meu companheiro?

Castor Branco balançou a cabeça, negativamente. Old Death exclamou então:

— Agora está convencido, de que está dando cobertura aos seus inimigos?

— Sim. Reunirei o Conselho dos Anciões, e determinaremos o que vamos fazer.

— Antes, quero dizer-lhe algo. Entre os brancos estão dois inimigos nossos. Estamos os procurando há tempos. Rogo-lhe que os deixe por nossa conta.

— São seus. Podem pegá-los quando quiserem.

— Obrigado. E agora, esclareça-me algo que está me incomodando. Porque meu irmão vermelho veio para o sul?

— Os comanches pensavam em ir para o norte, mas averiguamos que Winnetou se encaminha para o sul, e que passou o rio Conchos com suas tropas. Os povoados apaches desta região estão desguarnecidos pois, e nós os esmagaremos

— Winnetou atravessou o Conchos? Acredita nisto? Quem lhe deu esta notícia foram os índios que o fizeram desviar-se do seu caminho?

— Isto mesmo. Viram sem dúvida as pegadas, não?

— Sim, nós as vimos. De que tribo eram?

— Dos topias. Pai e filho.

— Estão com você? Posso falar com eles?

— Meu irmão pode falar com eles, se assim o deseja.

— Permite-me também ver os brancos que me presenteou?

— Ninguém o impedirá.

— Então, deixa-me fazer outra coisa. Deixa-me rondar o acampamento. Estamos em território inimigo e isso não me custa nada.

— Pode fazer o que bem entender. Castor Branco já tomou todas as precauções, e temos batedores e sentinelas espalhados.

Old Death me puxou pelo braço e fomos até a fogueira dos brancos. Estes nos receberam friamente. O oficial mexicano levantou-se ao ver-nos chegar.

— Que significava aquele interrogatório de antes? — perguntou, destemperadamente.

— Como lhe confirmarão os índios, nada tenho com isso — disse Old Death, sem fazer caso.

Eu me aproximei de Gibson. Ohlert estava perto dele, com o rosto enfermo, os olhos fundos e um aspecto desolado. Compreendi que não era possível falar com ele e me dirigi ao bandido que o havia raptado.

— Boa noite, Gibson. Creio que agora não preciso mais correr atrás de você.

— Está falando comigo? — disse o pilantra, rindo.

— Pois não está certo da cabeça. Eu não me chamo Gibson.

— Provavelmente. Em La Grange se chamava Gavilán.

— Este é o meu nome.

— Pois bem, senhor Gavilán, estou certo de que o senhor não deseja encontrar a polícia, mas negar a verdade não resolve nada.

Gibson sacou o revólver com rapidez e me enfrentou.

— Diga só mais uma palavra, e eu...

Mas Old Death, com um hábil movimento, aplicou-lhe um golpe que fez com que derrubasse a arma, enquanto dizia:

— Não se vanglorie tanto, Gibson, pois pode acabar em maus lençóis.

Gibson voltou-se irado contra o explorador:

— Acredita mesmo que me assusta, que me intimida?

— Não... só quero que me obedeça! Se disser mais

uma palavra, presenteio-o com uma bala que irá acabar com suas bravatas.

O tom do explorador era tão contundente que Gibson, um pouco mais humilde, replicou:

— Mas os senhores estão me confundindo com outra pessoa. Eu não fiz nada errado, lhes asseguro.

— Verdade? Pois olhe, me parece que tem ao seu lado um bom indicador do contrário — disse Old Death, mostrando o infeliz filho do banqueiro.

— Isso o senhor considera como prova? Pois interrogue-o, e veja o que ele vai responder.

Eu me aproximei do desventurado jovem, que tinha um lápis na mão e um pedaço de papel nos joelhos, e o chamei por seu nome. Ele me olhou com expressão idiotizada e não me respondeu.

Gibson aproximou-se dele e, dando-lhe um empurrão, ordenou:

— Perguntaram seu nome! Responde!
— William.
— Quem é você?
— Um poeta.

Eu me aproximei mais e lhe perguntei:

— Se chama Ohlert e vivia em Nova Iorque? Tem um pai?

O doente não me respondeu. Gibson começou a rir.

— Já podem ver que é um infeliz. Se ele é a prova que necessitam, posso ficar tranqüilo.

Então, tirei da bolsa um pedaço de jornal, no qual estava a poesia que me havia servido de pista. Comecei a lê-la perto do infeliz, com certa entonação e em voz baixa.

O efeito foi fulminante. O pobre coitado ergueu-se, escutou com atenção e, quando eu já chegava à terceira estrofe, deu um grito, tomou-me o papel, e terminou de declamar sua poesia aos gritos.

Ao final, exclamou numa voz que ressoou no vale silencioso como um alarido:

— Eu sou William Ohlert, o poeta! Eu escrevi isto!

Castor Branco esqueceu por um momento sua hierarquia de chefe e veio em pessoa, correndo até nós. Deu um empurrão no enfermo, fazendo-o sentar, dizendo asperamente:

— Silêncio, infeliz! Tua voz é presságio de luta e de morte. Todos os apaches te ouviram!

Old Death aproximou-se do enfurecido índio e lhe disse:

— Não o maltrate, Grande Chefe. O espírito deste homem jaz nas trevas. Não irá gritar mais. Diga-me agora se aqueles topias, os que lhe deram a notícia que os fez vir até aqui, estão por aqui.

— São aqueles dois.

Castor Branco apontou dois índios silenciosos, que estavam na fogueira dos brancos. Old Death fez-lhes um sinal e disse:

— O chefe comanche pode ir reunir o Conselho. Eu garanto que este enfermo não voltará a gritar.

Castor Branco afastou-se dali e Old Death sentou-se. Eu guardei o pedaço de jornal, que havia garantido tão bom resultado.

5.

Old Death contemplou um momento os dois índios. Estes estavam impassíveis, porém seus rostos, desprovidos de pintura, refletiam suas emoções.

Por fim, o explorador perguntou-lhes, sem rodeios:

— Meus irmãos vermelhos vieram do planalto de Topias e são amigos dos comanches?

— Sim. Empenhamos nosso machado de guerra a Castor Branco.

— Porém seus rastros vieram do norte e ali vivem os inimigos dos comanches. Ali vivem os apaches das planícies.

A pergunta transtornou visivelmente aos índios, porém um deles respondeu com desdém.

— Sua pergunta é contraditória. Deixamos o norte porque ali só existem inimigos dos comanches.

— E que notícias traziam?

— Que Winnetou, o maior dos chefes apaches, reuniu seu povo para levar a guerra ao rio Conchos. E nós viemos avisar aos comanches, para que ataquem os povoados apaches que estão desguarnecidos.

Old Death olhou-os atentamente, notando que eles estavam visivelmente nervosos. Logo disse afetuosamente, e de uma forma que só eu pude entender o que ele lhes dizia:

— Desde quando os topias deixaram de ser leais?

— O que quer dizer?

— Vocês entenderam perfeitamente. A neve de muitos invernos já caiu sobre você — disse, dirigindo-se ao pai — e deve ter cautela. Quando voltar para junto daqueles que te enviaram aqui, diga-lhes que estamos com vocês, e que não queremos perdê-los. Old Death ama a todos os homens de pele vermelha, seja qual for a sua tribo. Não se esqueçam disso quando forem embora.

O velho examinou atentamente o explorador e levantou o braço armado. Meu amigo não se moveu. Só disse rapidamente:

— Não se movam. São valentes e jamais vi tamanha ousadia, mas não acabem com os amigos de Winnetou.

O efeito de suas palavras foi fulminante. O velho murmurou duramente:

— Cale-se!

Logo se sentou junto à fogueira e seu filho fez o mesmo. Parecia nada haver acontecido. Eu olhava assombrado para Old Death, que também parecia muito tranqüilo. O resto dos brancos não fazia caso nem de nós, nem dos índios.

Ao cabo de alguns instantes, pusemo-nos de pé, dispostos a começar a ronda que Old Death queria fazer em torno do acampamento. Vimos então que a conferência do Conselho já devia ter terminado, pois junto à fogueira dos chefes, estavam todos de pé. O explorador deteve-se, e eu fiz o mesmo.

O cacique comanche aproximou-se de nós e logo os brancos estavam rodeados pelos índios, de todos os lados. Castor Branco nos olhou e disse gravemente:

— Os cara-pálida uniram-se aos comanches, dizendo-se seus amigos, quando isso não era verdade. Foram recebidos como irmãos e conosco fumaram o "calumet" da paz. Mas estavam nos enganando, e o Conselho já decidiu o que fazer com eles.

Os topias continuavam imóveis em seus lugares, e Ohlert também. Os demais seguiam atentamente o discurso do chefe, quando o comandante dos soldados mexicanos interrompeu-o violentamente:

— Quem nos caluniou? Foram esses quatro brancos que chegaram junto com o negro, estou certo. Provamos que somos amigos dos comanches, e em troca, eles nada provaram.

— Quem te deu permissão para falar? — perguntou, severamente, Castor Branco. — Quando eu falo, todos se calam. E já que exige que te ouçam, te direi que já te ouvi bastante quando declarou-se partidário de Juárez. Pergunta quem são estes homens, e eu te direi que muitos invernos antes de você nascer, já conhecia Old Death. Exige participação nas decisões do conselho, e isso nem Old Death tem.

— Fumamos o cachimbo da paz juntos — interrompeu o oficial, — não pode tratar-nos assim!

— Fumaram conosco, é verdade, mas a troco de uma mentira. Entretanto, estão na sombra da fumaça sagrada do "calumet", e nada lhes acontecerá. A argila que serviu para fabricar o cachimbo é vermelha, assim como a chama que lá brilha. Enquanto dure sua luz, estão a salvo, porém, quando ela se apagar, só terá o tempo que vocês chamam cinco minutos para fugir. Passado este tempo, sua morte está decidida.

O silêncio era grande em torno da fogueira, onde as chamas subiam e desciam. O mexicano ia falar, mas Castor Branco o impediu:

— Os dois brancos que reclamou Old Death — disse — não poderão sair do acampamento. São seus prisioneiros, e meu amigo decidirá sua sorte. Já sabem o que queríamos lhes anunciar. Castor Branco, o grande chefe dos comanches, falou.

O chefe deu meia volta e Gibson me olhou furioso:

— Eu não posso ser prisioneiro deste homem! Que imbecilidade!

— Silêncio! — disse imperiosamente o mexicano. — As decisões de um chefe são inapeláveis, porém não amanheceu ainda, e nossos caluniadores declaram-se vencedores por agora. Mas muita coisa ainda pode acontecer!

Os índios haviam se sentado, formando um círculo em torno dos brancos, que se viram cercados. Old Death me tirou dali, dizendo que ia fazer uma ronda. Quando estávamos fora do claridade da fogueira, perguntei-lhe:

— Crê que Gibson possa escapar?

— Se não ocorrer algo inesperado, não.

— E você espera que ocorra?

— Pois, sim. Os comanches caíram numa ardilosa armadilha. Esses guias apaches souberam manejá-los de forma magistral.

— Apaches? Mas são topias!

— São apaches, e demonstram uma coragem acima

do normal. Nenhum índio, que não fosse apache, falaria de Winnetou como o chefe dos chefes apaches. E ele, ao responder minha pergunta, assim o falou.

— Então, acredita que Winnetou os enviou?

— Estou certo. Don Atanásio nos explicou por onde Winnetou atravessou o rio Grande. Não pode já ter encontrado os seus em rio Concho. Disseram isso a Castor Branco para trazê-lo até aqui, mas é impossível que o chefe apache deixe os comanches aproximarem-se tanto de seu povoado, sem ter um plano bem definido.

— Old Death, não deveria você avisar os comanches?

— São meus amigos, e fumamos com eles o cachimbo da paz. Não devemos traí-los, ainda que eles sejam traidores.

— Isto é verdade, e toda a minha simpatia é para Winnetou, mas...

— Penso como você, mas não temos Ohlert e Gibson em nosso poder. Se os tivéssemos, deixaríamos que apaches e comanches se arranjassem por conta própria.

— Quem sabe amanhã possamos...

— Amanhã é possível que eu e vocês estejamos caçando em companhia dos eternos caçadores de Manitu. Esse oficial mexicano deixou bem claro que o ataque é iminente.

Notamos que aquele lugar não era muito grande. Em meia hora, podia-se perfeitamente dar-se a volta no pequeno vale, no centro do qual estavam as fogueiras comanches. Só tinha duas entradas, muito estreitas, e nas quais haviam dez sentinelas postadas. As paredes das montanhas que rodeavam aquele caldeirão, eram íngremes. Tropeçamos nos batedores várias vezes, e regressamos para o centro do acampamento. Old Death parecia furioso.

— Estamos em uma ratoeira, e não me ocorre nem uma idéia para sairmos daqui. Temos que fazer como a raposa, que corta a pata aprisionada, escapando com as três que lhe restam.

— Nossa situação é assim tão ruim?

— Ruim? Não, péssima. Não me entra na cabeça como Castor Branco, que é tão prudente e sensato, se deixou enredar desta forma por Winnetou. O chefe apache é inteligente e astuto como só ele...

Quando chegamos perto da fogueira do chefe, Old Death disse:

— Vou avisá-lo, e se não fizer caso, nos manteremos neutros. Eu não penso em matar um só apache, ainda que seja amigo dos comanches.

Dirigimo-nos até o chefe, que nos observava com seu olhar perscrutador e vivo.

6.

— Meu irmão branco convenceu-se de que estamos seguros?

— Isto aqui me cheira a uma armadilha.

— Meu irmão se engana. Este vale é igual ao que os cara-pálida chamam de forte. Não se pode entrar ou sair dele facilmente.

— Pelas entradas, não; mas, e pelas montanhas?

— São íngremes demais. Não se pode escalá-las.

— Mas pode-se descer por elas. Winnetou parece um gato montês, tal sua habilidade em escalar montanhas.

— Winnetou está longe. Os topias assim me asseguraram.

— Quem sabe se enganaram, ou haja alguém interessado em que lhe digam isto.

— São inimigos de Winnetou e eu creio em suas palavras.

— Se é verdade que Winnetou esteve em Forte Inges, é impossível que tenha vindo aqui, reunido sua gente e que agora se encontre em Conchos. Veja a distância e o tempo, e verá que isto é impossível.

Castor Branco ficou silencioso, e de repente, levantou-se.

— Meu irmão tem razão. O tempo é curto, e o caminho longo. Vou interrogar outra vez aos topias.

Encaminhou-se até a fogueira dos forasteiros, seguido por nós. Os brancos nos olharam com ódio, mas Castor Branco não teve tempo de começar a perguntar nada. Do alto das rochas, ouviu-se um chilreio temeroso de um passarinho, e o piar de uma coruja. O chefe comanche escutou atentamente, e Old Death também. Então, vimos Gibson inclinar-se, pegar um galho e atiçar a fogueira, que ardeu vivamente. Old Death atirou-se sobre ele, tomando-lhe o galho.

— Quieto! — disse-lhe furiosamente, em voz baixa. — Se tornar a fazer isso, vou matá-lo.

E sacou rapidamente seus revólveres, o mesmo fazendo eu. Gibson tratou de defender-se:

— Não se pode atiçar o fogo?

— Não, quando a coruja canta desta forma. São traidores, e estão fazendo sinal para os apaches.

Houve um silêncio tenso. Repetiu-se o piar da coruja, mas Gibson não se atreveu a repetir o sinal. Ao ver que não acontecia nada, Castor Branco fez várias perguntas aos topias, que responderam imperturbáveis. Castor Branco terminou seu interrogatório e nos fez sinal para segui-lo. Old Death voltou-se, e fez um sinal para que Lange e seu filho nos acompanhassem. Sam uniu-se ao grupo.

— Por que meu irmão traz seus amigos? — perguntou Castor.

— Porque vamos correr perigo, e precisamos estar juntos.

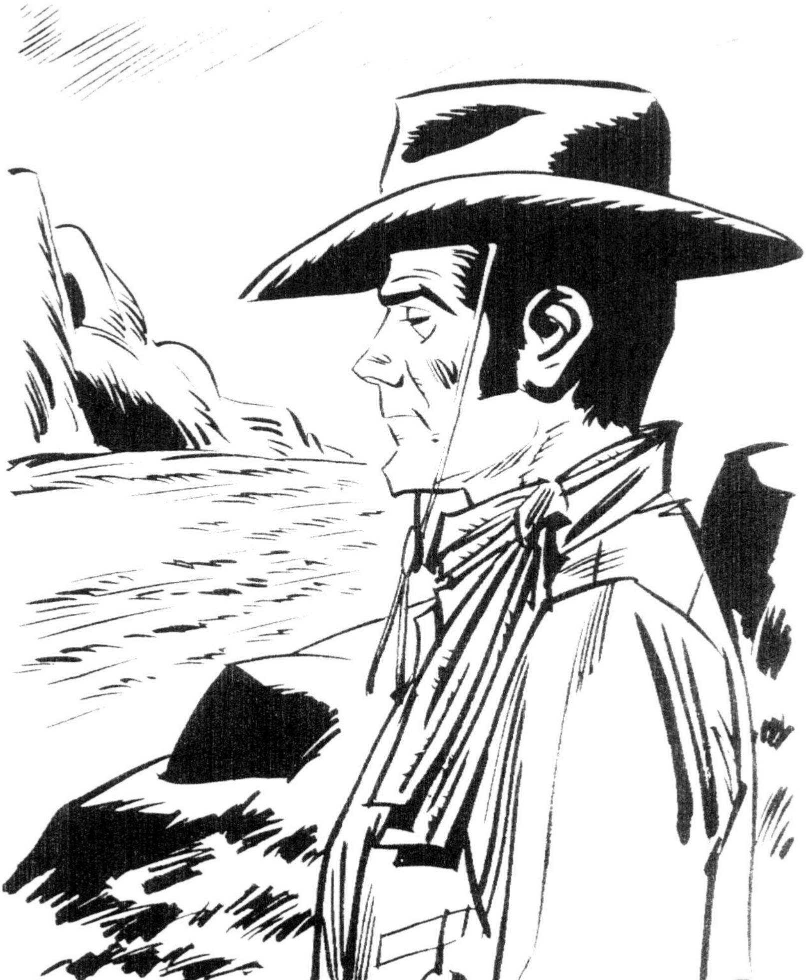

— Nada tema, meu irmão branco. A coruja era verdadeira.

— Eram os apaches... tenho certeza!

Como para dar razão a Old Death, repetiu-se o pio da coruja, desta vez mais abaixo. Neste momento, os mexicanos levantaram-se, com seu capitão e Gibson à frente. Empunharam suas armas e se dirigiram em nossa direção.

Tudo era tão preciso e estudado, que logo compreendemos que o golpe estava bem planejado. Porém as coisas não iriam desenrolar-se como pretendia Gibson. Estávamos protegidos pela sombra, e éramos seis homens armados com rifles, pois Castor Branco levava o seu, e logo vimos que o sabia manejar habilmente.

A Batalha

1.

Estávamos ocultos pelas sombras, e nossos atacantes não podiam ver-nos bem, motivo pelo qual decidiram aproximar-se ainda mais. Disparamos nosso rifles, e aquilo deu início a um tumulto espantoso. Os apaches começaram a surgir por todos os lados, atirando-se em cima dos comanches, e isto resultou em cenas terríveis.

Old Death obrigou-nos a nos retirar juntos, aproveitando a confusão do momento. Castor Branco nos seguiu, pois naquele momento de confusão, era a única coisa que poderia fazer. Encontramos um lugar mais elevado, entre as sombras, e ali pude ver como Gibson, que parecia ter dado o sinal para o início do ataque, havia se retirado, arrastando consigo Ohlert, que tratava de seguir os mexicanos.

O grito de guerra dos apaches retumbava no pequeno vale, e nos deixava de cabelos em pé. O sibilar das flechas que disparavam os comanches a torto e a direito, os gritos dos atacantes, o estampido dos disparos, tudo fazia tal barulho, que era impossível ficar impassível.

Old Death teve tempo de nos dizer:

— Subam o mais que puderem. Só assim conseguiremos manejar esta situação.

Assim o fizemos. Não havíamos recebido nem mesmo um raspão, mas Castor Branco estava aniquilado. Compreendia que meu velho amigo tinha razão ao avisá-lo, e sentia-se humilhado. Isto o mortificava profundamente, mas também o preocupava a sorte de seus homens, pegos de surpresa e sem poder defender-se.

De repente, vimos avançar a figura de um homem extraordinário. Empunhava um revólver e sua "tomahawk", seu machadinho de guerra, e tanto atirava quanto derrubava os comanches com seu machado. Só por sua maneira de caminhar o teria reconhecido, assim como também Castor Branco.

— É Winnetou — gritou. — Por fim o encontro!

Separou-se de nós e lançou-se à luta. Eu ia fazer o mesmo, mas Old Death me impediu:

— Não se mova! Não podemos trair os comanches, e de mais a mais, Winnetou não precisará de nós.

Assim era. Winnetou registrou rapidamente que os comanches eram muitos, e eles, poucos. Eu não compreendia como meu irmão de sangue podia haver-se lançado a semelhante ataque sem parecer tê-lo planejado.

Vi a esplêndida figura de meu amigo, que contemplava por um momento a situação. Alguém havia avivado as fogueiras, e estas iluminavam plenamente o local da luta. O chefe apache deu um grito, que se fez ouvir por sobre o tumulto da batalha.

— Nos enganaram! — gritou — Recuemos!

E quase que instantaneamente, os apaches desapareceram do local. Castor Branco aproximou-se.

— Escaparam outra vez!

— Não tinha fechado as saídas?

— Não. Os sentinelas acudiram à batalha, e as passagens estavam desguarnecidas.

— Então, dê ordem para que voltem aos seus lugares. Aqui não fazem falta, e ali podem assegurar sua retirada.

Castor Branco afastou-se para dar as ordens necessárias, mas estava claro que as dava de má vontade. Não achava tal medida necessária.

Mas logo viu que o velho explorador tinha razão. Minutos depois de haverem partido os sentinelas, ressoou o tiro do rifle de prata de Winnetou, e ouviu-se um enorme alarido. E em poucos minutos vimos alguns dos batedores chegarem, correndo:

— As saídas estão tomadas pelos apaches. Estão disparando e mataram vários dos nossos. Fomos os únicos que conseguimos escapar.

Castor Branco baixou a cabeça. Old Death disse, aborrecido:

— Colocaram-nos numa ratoeira, e agora, como iremos sair daqui?

Houve um momento de silêncio, que o meu próprio amigo quebrou ao perguntar:

— Que pensa fazer, Castor Branco?

O cacique levantou a cabeça e encarou meu amigo. Apesar de dominar seus sentimentos, via-se que estava perplexo e indeciso. Ao vê-lo assim, Old Death aconselhou:

— Necessita ter todos os homens preparados para amanhã. Diga-lhes que se retirem, recolham e cuidem dos feridos e que procurem estar em boas condições para a luta de amanhã.

— E as saídas?

— Vinte homens serão suficientes para guardá-las. Os demais, que descansem. É a única coisa que se pode fazer agora.

Castor Branco separou-se de nós, para dar as ordens necessárias. Então, Old Death exclamou:

— Que haverá sido feito dos brancos?

Fomos até o lugar onde estavam. Havia dez mortos, porém entre eles não estavam nem Gibson, nem Ohlert. Eu me exaltei ao ver aquilo.

— O que o senhor esperava? — disse-me, asperamente, o velho explorador. — Foram embora com os topias, aproveitando a oportunidade. Mas não se preocupe. Nós os encontraremos.

— E se escaparem?

— Para isto, terão que cruzar o Mapimi, e a tanto não se atreverão. Perdemos um dia, somente. Não se preocupe.

— E se os apaches não acreditarem em nós?

— Acreditarão. Lembre-se que você tem o "totem" do Homem Bom.

Eu já nem me recordava daquilo, e não pude deixar de admirar a esperteza de Old Death, que sempre encontrava um meio de livrar-se dos perigos.

Porém, nisto vimos algo que nos chamou a atenção. Um dos brancos estava ferido no ombro, o que quer dizer que havia sido atacado pelos próprios comanches, desconfiados de sua honradez. Old Death aproximou-se, e o virou. O homem ainda vivia.

— Amigo — disse Old Death, muito sério — você tem somente uns minutos de vida. Não se vá deste mundo com o fardo desta armadilha que armaram. Vocês estavam mancomunados com os apaches?

— Sim.

— Sabiam que nos atacariam esta noite?

— Sim. Os topias nos trouxeram aqui, justamente para isto.

— Gibson tinha que dar o sinal, não é?

— Sim. Para cada centena de comanches que houvesse, tinha que fazer um sinal.

— Compreendo. E como eu não o deixei prosseguir, Winnetou enganou-se, e por isso atacou. Se soubesse quantos comanches tinham aqui, não teria atacado esta noite.

O pobre branco já não podia dizer-nos mais nada. Old Death fez o que pôde para aliviá-lo da dor, enquanto Castor Branco, furioso, ocupava-se em dar ordens para reunir todos os seus chefes, naquele momento.

— Não se apresse — disse-lhe amargamente Old Death. — Amanhã isto será um fosso, no qual nos enterrarão com vocês.

— Nos defenderemos — gritou Castor Branco, desesperado. — Abriremos caminho, de qualquer jeito. Que venham os velhos guerreiros!

Todos se reuniram e convidaram Old Death a tomar parte no Conselho. Este se aproximou, e falou por um bom tempo. Pelos gestos que fazia, compreendi que não lhe faziam muito caso, e ele estava irritado.

Foi quando o ouvi dizer, levantando a voz:

— Não me fizeram caso, e eu os avisei várias vezes. Enfrentem, agora, a sua perdição. Porém os advirto que nós estaremos à margem desta luta. Não queremos ficar entre dois rivais, sendo que um deles nem sabe o que lhes convém.

— O medo o faz falar assim — disse um dos guerreiros, desdenhosamente.

Old Death colocou-se de pé e disse, olhando-o com desprezo:

— Antes de falar do meu valor, será preciso que demonstre o seu. Me chamo Old Death, e isto basta!

E veio ao nosso encontro, sentando-se em nosso grupo. Estava preocupado. Nós não dissemos nada, a situação não podia ser mais incômoda.

Assim passaram-se uns minutos, quando algo aconteceu.

2.

No silêncio que se seguiu às palavras de Old Death no Conselho, ninguém havia feito nada que pudesse alterar a quietude, plena de tensão, daqueles instantes. Por isso, soou duplamente dramática a voz que ressoou em nossas costas, fazendo-nos levantar a cabeça, sobressaltados:

— Olhe para cá, Castor Branco. — Meu rifle anseia por te matar...

Todos nós olhamos para o mesmo lugar. A arrogante figura de Winnetou, meu irmão de sangue, estava recortada pela luz das fogueiras. O rifle de prata brilhava em suas mãos.

Sem que ninguém houvesse se movido, aquelas bocas diminutas brilharam. Duas fagulhas iluminaram a trajetória das balas, e Castor Branco e outro chefe, que estava próximo a ele, caíram como que feridos por um raio.

A voz de Winnetou elevou-se novamente:

— É assim que acabam todos os traidores.

E a escuridão da noite tragou a figura do cacique apache. Nenhum de nós havia tido tempo de fazer o menor movimento.

Os comanches, ao verem cair seu chefe, levantaram-se e correram até ele. Porém, somente para comprovar que estava morto. Loucos de raiva, lançaram-se ao local onde Winnetou havia sumido, e Old Death nos disse:

— Este cacique apache é extraordinário. Não só matou o chefe comanche, como atraiu, para onde está, todos os melhores guerreiros. Não acredito que algum consiga voltar.

Os gritos e o detonar de rifles nos mostrou que assim ocorria. Pouco depois, voltaram três ou quatro, com ar enlouquecido, e se puseram a gritar perto de Castor Branco, lamentando-se do quão mal iam as coisas.

— O que resolveu o conselho? — perguntei ao explorador.

— Abrir-se caminho para o Oeste, e então escapar.

— Mas, isso é um disparate.

— Certamente. Se conseguirem sair, o que não creio que consigam, enfrentarão os homens de Winnetou, que avançam. Ficarão presos entre dois fogos.

— Como esperam vencer a semelhante inimigo?

— Contam com as forças de Urso Grande, que os seguiram de perto. E esperam poder enfrentar os apaches. Mas, o que estão fazendo agora?

Os gritos eram ensurdecedores, e qualquer um poderia dizer que pretendiam chamar a atenção dos inimigos. Mas Old Death havia escutado algo que nos escapara.

— Winnetou está pondo barricadas nas saídas — disse em voz baixa. — Isso quer dizer que pensa em retirar-se, esperar-nos na planície e lá sim, dar cabo de todos nós. Escute, Lange. O senhor e seu filho, junto com Sam, peguem nossos cavalos. Esses tolos comanches devem haver decidido algo importante, e ficaremos para escutar. Porém, preparados para partirmos.

Nossos amigos foram providenciar nossa partida, e então vimos aproximar-se um dos velhos chefes. Sua cara parecia de poucos amigos, e dirigiu-se a Old Death ao chegar:

— Por que os cara-pálida não vão nos acompanhar? Vamos partir.

— Não podemos segui-los sem saber o que irão fazer. O que decidiram os irmãos vermelhos?

— Sair do vale a todo custo.

— Não o conseguirão.

— Conseguiremos, porque os cara-pálidas virão conosco, abrindo caminho.

— Muito engenhoso, é verdade. Mas meu irmão vermelho ignora que nós, os brancos, não estamos acostumados a fazer coisas que resultarão em desastre certo. E há muito venho lhes dizendo que isto aqui é um disparate.

— O homem de cara-pálida parece um corvo de voz áspera e palavras agourentas. Os valentes comanches esmagarão os apaches. Não sobrará um para contar a história.

— Está bem. Mas primeiro tenho que ver o que meus companheiros dizem disso.

— Acaso pensa o cara-pálida unir-se aos apaches?

— Como pode isso acontecer, se os comanches não deixarão nem um só apache para contar a história?

— Já sabemos que chegaram mais, e por isso não podemos ficar aqui. Venham conosco, abrindo caminho.

— Já disse para o comanche que não somos nós quem vai tirar as castanhas do fogo. Eu lhes dei minha opinião várias vezes, e ninguém me fez caso. Agora não vou ser eu, e meus companheiros, que vamos cair por causa da teimosia dos comanches.

— Não devolveremos seus cavalos.

— Está enganado. Nós já os temos aqui.

— Já sabia que eram uns traidores. Mandarei aprisioná-los.

— Parece-me que está enganado. Disse claramente a verdade a Castor Branco: ficaríamos aqui, mas não participaríamos da luta. Não os procuramos. Encontramo-nos casualmente, e os ajudamos desmascarando os verdadeiros traidores. E agora, você vem chamar-nos de traidores?

— Se não vier à frente de nossos homens, assim os consideraremos.

O olhar de Old Death fixava-se num ponto que eu não podia distinguir. Seu rosto tinha uma expressão estranha. Em alemão, me disse rapidamente:

— Se matar este infeliz, montem e sigam-me. Fiquem atentos ao que vou fazer!

Sacou o revólver com extrema rapidez, o colocou no peito do guerreiro e disse, com voz sibilante:

— Desdenharam dos meus conselhos, e agora, querem nos aniquilar junto com vocês. Fui amigo de Castor Branco, mas se fizer um movimento, eu te mato. Entendeu?

O comanche não se se atrevia a mover-se. Meu amigo continuou:

— Preciso que me dê o seu "calumet", e também seu amuleto. Entregue-os ou eu disparo.

— Nenhum guerreiro lhe dará isso.

— Não me obrigue a tomá-lo. Quero apenas emprestado, durante nossa permanência com vocês.

Fez um movimento com a arma, e a cor fugiu do rosto do comanche. Ficou cinza, tal era o terror que o rosto de Old Death lhe provocava. Vacilou:

— Mas me devolverá?

— Sim.

— Então...

O guerreiro não teve tempo de terminar a frase. Old Death me disse:

— Ande, Charles. Pegue o amuleto e o cachimbo.

Eu me apressei em fazê-lo, e coloquei o amuleto no pescoço de Old Death e o cachimbo em seu cinto. Então, meu amigo afastou-se, guardou a arma e disse:

— Amigos outra vez. Devolverei tudo, quando tivermos saído desta.

— Até lá, o respeitarei. Mas depois, ai de vocês! Serão considerados inimigos.

— Está bem.

O guerreiro afastou-se, furioso, e Old Death nos disse:

— Estaremos tranqüilos por algum tempo, mas é melhor irmos embora daqui. Esses imbecis são capazes de fazer alguma estupidez. Não os acreditava tão tolos.

Chegamos a um lugar tranqüilo, e deixamos os cavalos pastarem. Old Death nos disse:

— Sentemos e esperemos. Esses patetas não sabem ainda o que os aguarda.

Ouvimos ruídos, gritos e relinchos. Os comanches estavam montando em seus cavalos para saírem do vale. Old Death exclamou:

— Não perceberam que as saídas estão impedidas com galhos e troncos. Não há nem um só apache ali. Todos estão em cima. Estes sim, são espertos! Tinham tudo planejado e preparado antes de darem um só passo. Péssimos inimigos para os comanches.

* * *

Os comanches saíram do círculo de luz das fogueiras. Nós os vimos se perderem na escuridão, e não havia se passado um quarto de hora, quando escutamos gritos, disparos do rifle de prata de Winnetou, e os gritos de triunfo dos apaches.

— Deram-lhes uma lição — disse Old Death. — Vamos ver se agora estes tontos me dão ouvidos.

Sem dúvida, agora acreditariam nele. Não se passou meia hora quando os comanches começaram a regressar, trazendo seus feridos. Os que partiram eram muitos, mas os que voltaram eram poucos e maltratados.

E assim se passou mais algum tempo, em que a situação continuava sem se resolver.

Old Death esperava tranqüilamente, certo de que viriam buscá-lo quando se convencessem de que ele, sozinho, sabia mais que todos os outros guerreiros juntos. Estávamos calados, admirando a presença de espírito daquele homem, tão acostumado aos perigos do Oeste.

Aparece Winnetou

De repente, vimos aproximar-se um guerreiro. Evidentemente nos procurava, e ao ver Old Death, seu rosto encheu-se de humildade.

— O Grande Chefe roga-lhe comparecer ao Conselho.

— Isso quer dizer — grunhiu Old Death, — que vocês não conseguem sair por si mesmos deste atoleiro? Encontraram as saídas fechadas?

— Sim. Haviam galhos, troncos e pedras.

— Nem se deram conta de quando os apaches jogavam isso tudo no chão. Se fossem mais precavidos, os ouviriam, assim como eu ouvi.

— O guerreiro comanche faz o que lhe ordenam.

— Certamente, e você não tem culpa. Porém, escute, já fizeram os chefes bastante tolices. Eu os avisei e não fizeram caso. Diga-lhes que não vou ao Conselho.

— Mas eles pedem que você esteja presente ao Conselho.

— E eu lhes digo que, se o seu chefe quer algo, que venha aqui. Pode dizer isso em meu nome.

O guerreiro partiu, e vimos aparecer, daí a pouco, o chefe. Estava tremendo, não sei se de ira ou de terror. Aproximou-se de nós, e sem dúvida esperava que nos puséssemos de pé, mas Old Death não se mexeu, e nós o imitamos. O chefe trazia o braço numa tipóia.

Ao ver que não nos movíamos, aproximou-se mais e esperou que falássemos. Continuamos calados, e então disse:

— Meu irmão branco deseja falar comigo?

— Eu não. Mas não era você quem queria falar comigo?

O comanche reprimiu um gesto de ira e replicou:

— O irmão branco está com meu amuleto e meu "calumet". Portanto, é como se fosse eu mesmo. Que acha que devemos fazer?

— Primeiro, apagar as fogueiras. A noite toda deram chance aos apaches de verem o que estavam fazendo.

— Não creio que isso tenha nos prejudicado muito.

— Os conselhos de Old Death não são levados em conta nunca, mas se tivessem me escutado, as coisas teriam corrido melhor.

— Qual é, então, o conselho de Old Death?

— Há muito estou pensando como poderemos sair desta armadilha, e só vejo um modo. Quantos homens morreram?

— O Grande Espírito levou para as Planícies Eternas a mais de dez vezes dez. Também faltam muitos cavalos.

— E ainda é noite. Não tentem mais nada, ou acabarão todos morrendo.

— Mas, amanhã...

— Temos que ver, à luz do dia, se é possível subir por estes penhascos. Quem sabe seja a solução, mas não lhe asseguro nada. Enquanto seja noite, nada posso assegurar.

— Logo amanhecerá.

— Por isso lhe digo que espere, e não faça mais nenhuma tentativa inútil. Os apaches não só nos rodeiam, como estão dentro do vale. Não creio que possa sair daqui.

— Suas palavras são as de um covarde.

— Então, valentão, leve sua sabedoria a outra parte. Já lhe disse mil vezes o que eu acho. Não perderei mais meu tempo com você.

— Porém, não vê meu irmão branco outra saída?

— Sim. Negociar com os apaches.

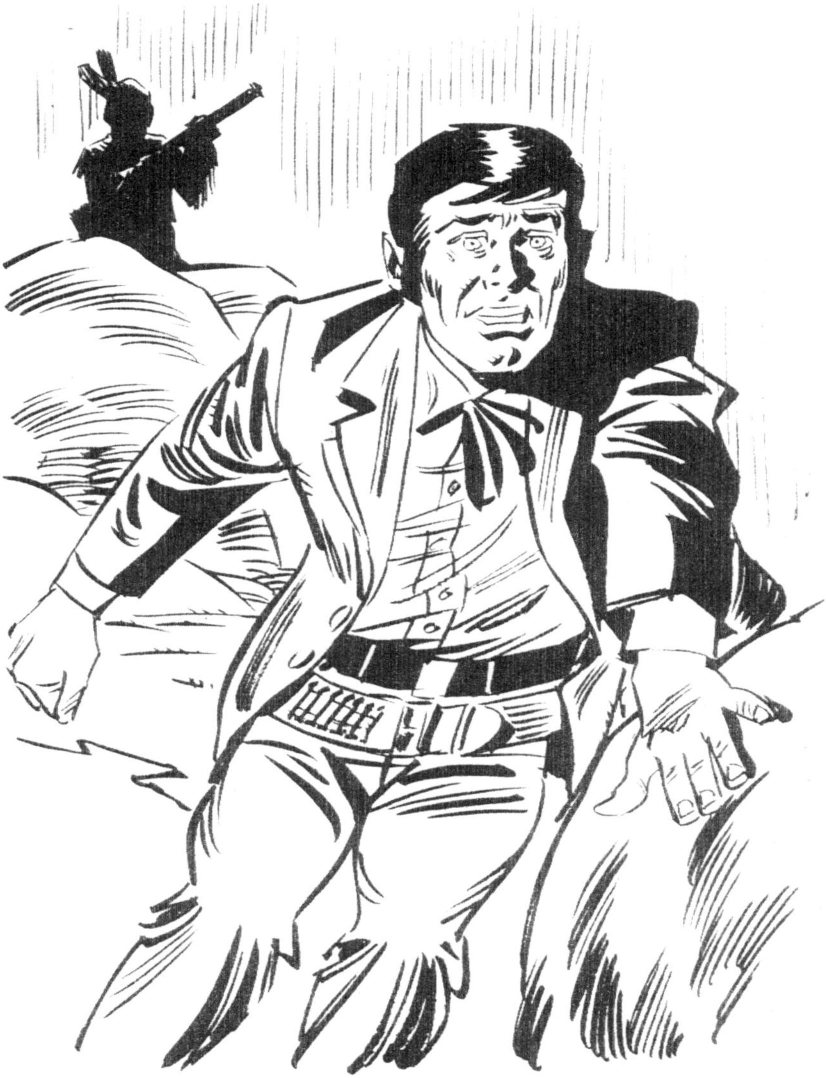

— Jamais. São inimigos nossos.

— Ah, sim? Pois olhe, acho que isto é a única coisa sensata a se fazer. Vocês caíram sobre eles, roubaram suas filhas, mataram seus homens e destruíram seus povoados. Depois, mataram seus emissários em Forte Inge, e lhe parece pouco que Winnetou queira acabar com vocês? Eu diria que ele tem muitíssima razão. E tudo isso fizeram pelas costas, sem dizer-lhes que haviam desenterrado o machado da paz, para conseguirem a vitória pela traição.

— A única coisa que lhe ocorre é negociar?

— Certamente! Vocês não têm outra saída, se quiserem conservar a pele. E isso porque Winnetou não é um sanguinário, porque se o fosse, esta solução nem existiria.

— Nunca os comanches concordarão!

— Pois a decisão é sua. Eu já disse tudo o que tinha a dizer.

E Old Death esticou-se no chão, tranqüilamente, como quem dá tudo por encerrado, e se prepara para descansar.

Resmungando muito, o chefe indígena afastou-se e Old Death nada acrescentou ao que já havia dito. De repente, porém, levantou-se e exclamou:

— Esses homens são mais teimosos que uma mula. Fiam-se em sua superioridade numérica, e não se dão conta de que Winnetou, sozinho, vale por cem deles.

Uma voz soou atrás do explorador:

— Ora, se não é Old Death! Se soubesse, teria vindo antes.

E Winnetou apareceu atrás de nós. O explorador colocou-se de pé de um salto. Sacou sua faca com rapidez.

— Quem está aí? — exclamou. — Quem se atreve a espionar-nos?

— Coloque a faca na bainha, meu amigo, pois não pensa em matar Winnetou, de quem falou tão bem há pouco.

— Winnetou! Caramba! Sim... Claro — dizia Old Death, algo desconcertado. — Só o chefe apache é capaz de surpreender um velho como eu. É uma obra-prima que não me atreveria a imitar.

Winnetou saiu das sombras e disse, sorrindo:

— O chefe apache não esperava encontrar aqui um velho amigo. Do contrário, teria vindo falar com ele antes.

— Mas, arrisca-se muito. Como passará novamente pelos batedores e sentinelas?

— Não se incomode. Os brancos são meus amigos, e deles nada temo. Este vale é apache, e por isso Winnetou trouxe aqui seus inimigos. E entrar e sair dele é muito fácil. Já lhes ensinarei a sair daqui sem que ninguém os veja. Os comanches chegaram aqui guiados por meus homens, porém daqui não sairão.

— Não os perdoará?

— Não. Winnetou ouviu suas palavras, e como enumerou os crimes comanches. Creio que tenho motivos de sobra para acabar com eles. Porém, escutei algo interessante: tem em seu poder o cachimbo e o amuleto do chefe? Como o conseguiu?

Old Death contou-lhe da conversa que tivera com o comanche, e como o havia obrigado a fazer isto. Winnetou disse, ao terminar o relato:

— Como prometeu devolvê-lo, faça-o agora. Imediatamente.

— E como sairemos daqui?

— É muito fácil. Esperem um quarto de hora depois de eu ter partido. Então, vá devolver o amuleto e o cachimbo, e se dirijam ao fundo do vale, até o poente. Eu os esperarei lá.

— Está bem. Até breve, Winnetou.

O cacique apache desapareceu tão misteriosamente como havia aparecido, e nós esperamos o momento de pôr em ação o plano traçado tão rapidamente. Quando transcorreu o tempo necessário, Old Death disse:

— Todos montados, e sigam-me sem vacilar.

Nossos cavalos provocavam ecos naquele vale silencioso, causando admiração nos comanches que encontrávamos no caminho. Chegamos perto da fogueira, onde conversavam o novo chefe comanche e seus homens, que pareciam não chegar a um acordo. Old Death deteve-se no círculo que rodeava a fogueira, porém, sem atravessá-lo. Pegou o amuleto e o cachimbo e, com eles na mão, gritou:

— O que decidiram os guerreiros comanches?

O chefe colocou-se de pé de um salto, como se tivesse sido picado por uma cobra, e gritou:

— Quem é você para nos falar assim?

— Sou um homem que veio dizer adeus. Já conversamos, e não entramos num acordo. O que decidiram?

— Isso não interessa ao homem branco.

— Importa, sim. Temos que sair desta situação e vocês perdem tempo deliberando. Porém, se não querem responder, pouco me importa. Toma. Aqui tem o que é seu.

Jogou o amuleto e o cachimbo perto da fogueira, e o chefe inclinou-se avidamente para pegá-los. Old Death escapou rapidamente, seguido por nós. Nenhum comanche atreveu-se a se colocar em frente de nossos cavalos, e estavam demasiado surpresos para usarem suas flechas. Além disso, era noite, ainda que já se divisasse os primeiros reflexos da aurora.

Galopamos a toda durante um tempo que não conseguimos calcular. Então, uma voz disse, quase ao meu lado:

— Parem! Ali está Winnetou.

Detivemos nossas montarias e logo nos vimos cercados pelos apaches. Winnetou apareceu para guiar-nos através de uma espécie de passagem habilmente dissimulada. Fomos passando um a um, e também assim passaram os cavalos. Em menos de cinco minutos, estávamos fora do vale, num lugar bem mais alto do que se encontravam os comanches.

Old Death a tudo olhava, observadoramente. O acampamento dos apaches estava bem organizado, havia disciplina, e todos se moviam com rigidez militar. Winnetou era um líder extraordinário. Aquele acampamento só corroborava este fato.

Perto de uma fogueira, habilmente colocada para que sua luminosidade ficasse oculta, assava-se um bisão. Com o cansaço que sentia, aquele odor me pareceu divino. Como adivinhando meus pensamentos, Winnetou exclamou:

— Meus irmãos brancos devem estar cansados e esfaimados. Passaram a noite em claro, depois de muitas horas de viagem dura. Restaurem suas forças, enquanto Winnetou volta ao local da batalha.

— Ficará fora durante muito tempo?

— Não. Mas os comanches os seguiram, e não quero que molestem minha gente. Vou espantá-los com alguns tiros.

Desapareceu misteriosamente, como havia aparecido. Old Death sacou sua faca para servir-se do bisão. Todos o imitamos. Ainda estávamos comendo quando Winnetou regressou. Já havia bastante luz para enxergarmos bem, e seu olhar risonho cravou-se em mim.

Levantei-me de um salto e me aproximei. Nos abraçamos calorosamente, perante o assombro de todos. Old Death nos olhava com uma expressão tal, que não pude deixar de rir.

— Mas... Mas... Já se conheciam? — pôde balbuciar, finalmente, o explorador.

— Este é meu irmão Mão-de-Ferro.

— E este é meu irmão Winnetou — disse eu.

— Mão-de-Ferro! — exclamou o velho explorador, estupefato. — E eu o chamando de novato, tantas vezes! Como pôde me enganar desta maneira, amigo?

Eu comecei a rir e, sem responder, arrastei Winnetou pelo braço. Ele tinha que me esclarecer muitas coisas. Deixamos o grupo, afastando-nos bastante, até encontrar um lugar onde pudéssemos conversar livremente.

Começamos a contar nossas aventuras, rapidamente, pois o dia já começava. Uma vez que nos pusemos mais ou menos ao corrente do que havia acontecido com cada um, perguntei ao meu irmão de sangue pelos brancos, que haviam conseguido escapar do acampamento comanche.

— Partiram — disse.

— Para onde?

— Para Chihuahua, unir-se a Juárez.

— É um golpe terrível para mim. Com eles iam dois homens, que preciso encontrar.

Expliquei-lhe rapidamente o assunto, e ao terminar, Winnetou exclamou:

— Sinto pelo ocorrido, mas posso te ajudar. Pegue os nossos melhores cavalos, e os alcançará antes do fim do segundo dia. Conheço bem os caminhos, e te indicarei por onde ir. Logo os alcançará.

Naquele momento, um apache chegou correndo:

— Os comanches estão levantando acampamento.

— Vem — me disse Winnetou. — Vou levá-los a um local onde poderão assistir a tudo.

Voltamos para onde estavam nossos amigos, e o cacique apache nos fez sinal para segui-lo. Levou-nos até um local, perto da passagem, e nos disse:

— Esta corda de couro os levará ao alto do desfiladeiro em poucos minutos. Verão algo curioso dali.

Old Death não parecia muito satisfeito com o método de subir, mas acabou por aceitar a sugestão e começou a subir pela corda. Eu o segui, e também os nossos companheiros. Sam subiu por último.

Já era dia, e pudemos ver algo realmente curioso.

Todo o vale onde estavam os comanches, cercados, estava a nossos pés. Igual a uma platéia de teatro, ali avistávamos tudo o que acontecia, e a batalha não tardou a começar.

Os comanches quiseram forçar a saída, agora pelo lado contrário que haviam tentado de noite. Naturalmente, foram rechaçados, sem que os apaches perdessem um só homem.

Quando cessou o rumor da batalha, que durou escassos minutos, esperamos em vão que iniciassem outro confronto. Pelo visto, não tiveram coragem de voltar e começar tudo de novo, e o silêncio caiu sobre o vale. Pouco depois, vimos aparecer Winnetou, que subira pela corda ao nosso encontro.

Quando chegou, nos disse:

— Meus irmãos brancos, creio que entendem que os comanches estão perdidos.

— Isso já sabia desde ontem — disse, laconicamente, Old Death.

— E para que acabem de convencer-se, aí vem o resto de meus homens, que chegam ao campo de batalha.

Voltamo-nos para o nascente, e vimos uma nuvem de poeira, levantada por muitos cavaleiros, se aproximando. Em menos de uma hora estariam ali. Old Death encarou Winnetou:

— O irmão apache não perdoará os comanches?

Winnetou o encarou, fixamente:

— O que o irmão branco acha que devo fazer? Perdoar o que eles nos fizeram, na terra dos brancos? Poderão devolver-nos as crianças mortas, as donzelas roubadas, os varões mortos por causa deste tormento? A traição de Forte Inge ficará sem castigo?

— Não — disse Old Death, lentamente. — Mas Winnetou é um líder generoso, e sabe evitar o derramamento de sangue. Por que não impõe restrições aos vencidos? Poderia, assim, evitar mais males.

— Concordo. Você então levará minhas condições para a paz.

— Obrigado, Winnetou. Se fosse embora, sem tentar salvar a toda esta gente, iria sentir-me muito triste. E agradeço que me confie tal missão.

— Escute, então. Por cada apache morto em luta, quero cinco cavalos, e por cada homem torturado, dez.

— Parece-me justo. Os cavalos escasseiam, e este é um preço razoável.

— Também nos entregarão tantas donzelas quantas nos levaram. E não queremos as esposas dos comanches, e sim as jovens. E também tantos meninos quantos tenham matado.

— Justíssimo.

— Que se indique um local onde possam reunir-se os chefes de ambas as tribos, para fazer-se paz. E que esta dure trinta invernos e trinta verões. De acordo?

— Completamente.

— Pois então, meu amigo Old Death, já pode ir dizer-lhes tudo isso. Aguardaremos, prontos para intervir, se acaso tentarem fazer-lhe algum mal. São capazes de tudo.

— Não o creio, pois me conhecem e passei toda a noite com eles. Mas agradeço o cuidado.

Descemos pela corda de couro e já estávamos perto da estreita passagem. Ali, Old Death pegou um lenço branco para fazer uma bandeira da paz, cortou um galho para colocá-lo e se afastou, acompanhado de Winnetou.

Dentro em pouco retornou o chefe apache, e fez-me sinal para que o seguisse.

— Vou lhe dar um magnífico cavalo — me disse. — Darei outros a seus companheiros também, mas não serão tão bons. Venha.

Conduziu-me até os cavalos e separou um, mandando que o encilhassem. Logo mostrou outros e deu a mesma ordem aos índios que o acompanhavam. Todos cumpriam as ordens com grande precisão e aquela ordem e silêncio, contrastavam enormemente com o barulho e a indisciplina dos comanches.

Voltamos para a fogueira e ali esperamos o regresso de Old Death. Este retornou, ao cabo de uns 45 minutos, e seu aspecto grave e sério me surpreendeu. Winnetou, no entanto, não parecia surpreso.

— Não aceitaram, não é verdade? Já o supunha.

— Não quiseram acreditar em mim — disse Old Death, sombrio. — Inclusive, troçaram de mim.

— Não se preocupe, irmão branco. O Grande Espírito os destinou ao extermínio, e hoje mesmo se cumprirá sua sentença.

Old Death não replicou. Winnetou mandou descer os cavalos, o que se fez por caminhos inacreditáveis e, meia-hora depois, estávamos prontos para iniciar nova caminhada.

Winnetou saudou a todos e me abraçou.

— Adeus, Mão-de-Ferro, meu irmão — me disse. — Dou-lhe por escolta dez de meus guerreiros, que os conduzirão ao encontro deste jovem que pretende salvar. Que o Grande Espírito os acompanhe.

Eu o abracei carinhosamente, e montamos nossos esplêndidos cavalos, que estavam descansados e fortes. Old Death despediu-se afetuosamente do cacique apache, e este lhe disse:

— Seus esforços em prol dos comanches não foram em vão, meu amigo. Farei o que puder por eles, mas acredito que sejam cretinos o suficiente para se negarem a ver a evidência de sua derrota.

— É o que eu temo — disse Old Death.

Pouco depois iniciamos nossa viagem, e deixamos para trás aquele lugar com verdadeira satisfação. Íamos cansados, mas também contentes por escapar daquela situação terrível, na qual as circunstâncias haviam nos jogado.

Meia hora depois, todavia, escutamos o eco das detonações do rifle de prata de Winnetou. A batalha havia começado.

Os Bandoleiros Brancos

O Mapimi se encontra no término das províncias mexicanas de Chihuahua e Cohahuila e se forma por um vale muito extenso, situado a mais de 1.100 m acima do nível do mar. Todo o terreno é ondulado, mas bastante plano e quase sem árvores. A pastagem é escassa, e não muito verde, ainda que o lugar não seja tão desprovido de água como se supõe. Existem muitos lagos, que no auge do calor acabam por secar, mas deixam no solo muita umidade, e nas suas margens encontra-se vegetação abundante.

Era para um destes lagos que nos encaminhávamos, já que os rastros dos cavalos que nos precediam, iam diretamente para lá. Sorte que os cavalos estavam descansados, já que nós não podíamos dizer o mesmo. Mas os apaches eram excelentes guias, e podíamos confiar neles.

Ao meio-dia, vimos que os rastros se dirigiam à direita. Eram numerosos e Old Death disse pertencer aos homens que buscávamos.

— Estão indo para o lado de Santa Maria — disse. — E nos levam muita vantagem. Devem ter cavalgado a noite toda.

— Temiam, sem dúvida, que nós pudéssemos alcançá-los.

Continuamos o caminho, mas como estávamos exaustos, nem pensamos em seguir cavalgando ao anoitecer. Encontramos um lugar adequado para descansarmos e nos apressamos em desmontar. A noite passada em claro nos havia esgotado.

Dormimos várias horas e ao amanhecer, estávamos em melhores condições para seguirmos cavalgando.

Durante duas horas o fizemos sem novidades, mas quando o sol começou a esquentar, Old Death viu algo que estranhou sobremaneira.

— Estas pegadas — disse — se misturam agora com outras. São de cavalos sem ferrar, o que indica que são índios. Quem poderá ser?

Como nenhum de nós, nem os cavaleiros apaches que nos seguiam, fomos capazes de responder aquela pergunta, o explorador acabou por voltar a montar, muito preocupado e resmungando.

Já passava de mais da metade da manhã, quando seus olhos de falcão descobriram algo em um regato que corria por entre o matagal.

— O que você viu, Old Death?

— Algo muito estranho. Um homem está no regato, sem mover-se. Isso não é natural. Façam silêncio, por favor.

Assim o fizemos, e logo escutamos um pedido de socorro.

— Foi o que imaginei. O homem está amarrado e não pode sair dali.

E sem acrescentar mais nada, Old Death esporeou o cavalo e se aproximou do regato. Nós o seguimos.

Já na margem, o explorador perguntou, em espanhol:

— Eh, amigo! Porque não sai daí?

— Não posso. Estou amarrado. Por favor, me tirem daqui!

Apressamo-nos em desmontar e nos aproximamos do infeliz. Quem o havia deixado ali só podiam ser índios desalmados, mas estávamos equivocados. O pobre homem nos disse:

— Deixaram-me aqui uma patrulha de brancos.

— E porque fizeram esta maldade?

— Porque me neguei a dizer-lhes o caminho para a estância do senhor Davis.

Não era o momento para se fazer muitas perguntas, e sim de tirá-lo dali. Não nos custou muito fazê-lo, cortando as cordas e tirando-o da água. Levamos o pobre coitado para um lugar abrigado e lhe arranjamos roupas, pois estava desnudo. Fizemos tudo isso sem que o homem se desse conta, já que havia perdido os sentidos.

O reanimamos com uns tragos de vinho e dentro em pouco, estava em condições de dar-nos o relato do ocorrido.

— Estou a procura de ouro — nos disse — e havia feito sociedade com um tal de Horton, que está a serviço do senhor Davis de Chihuahua.

— Como disse? — perguntou Lange, muito interessado.

— Davis. É um comerciante que trafica ouro e prata. Vive, a maior parte do tempo, em Chihuahua.

— Diga-me: não tem ele um empregado chamado Uhlmann?

— Sim. É seu capataz e homem de confiança.

— Pois este Uhlmann é meu genro. Sua mulher, Ângela, é minha filha.

— Pois bem, seu genro encontrou há pouco tempo, uma mina de ouro, e Davis arrumou gente para trabalhar para ele. Os filões são enormes, e já se diz que Uhlmann e Davis fizeram sociedade, o que é uma sorte para os dois.

— E o que se passou com o senhor?

— Saímos eu e Horton a esquadrinhar o Mapimi, e ontem estávamos tão cansados, que dormimos nas margens deste regato. Quando despertamos, estávamos rodeados por uns dez brancos, que nos olhavam com cara de poucos amigos.

— Como eram?

O mineiro os descreveu e vimos que se tratava dos mexicanos, Gibson e Ohlert, que haviam saído do acampamento apache dois dias antes. Pedimos que o pobre homem terminasse sua narração:

— Pediram indicação do caminho, e Horton começou a falar mais do que devia. Quando eu quis preveni-lo para ser mais cauteloso, já era tarde. Um dos homens me apontou e disse: "Esse sujeito não seguirá nossos passos. Ficará aqui até que encontremos a fazenda de Davis." Eu tentei protestar e dizer que minha intenção não era aborrecê-los, mas não fizeram caso. Obrigaram Horton a dar-lhes indicações precisas sobre a fazenda e a mina de ouro. Aí me amarraram, me deixaram neste regato, sem poder escapar, e partiram.

— Tem muito tempo?
— Uma hora depois do amanhecer.
— E a que hora chegarão à fazenda?
— Se Horton for esperto, não chegarão senão amanhã. Mas se os levar pelo caminho certo, estarão lá esta noite.
— Sente-se forte o suficiente para cavalgar?
— Não sei...
— Bem, vamos experimentar. Temos que chegar antes destes bandoleiros à fazenda de Uhlmann e Davis. Podem causar muito estrago se os encontrarem desprevenidos.

Reanimamos o pobre homem, o envolvemos numa manta e um guerreiro apache o colocou sobre seu cavalo. Depois de havermos dado de comer aos cavalos, reiniciamos o galope.

Durante toda a tarde cavalgamos sem nos determos, seguindo as indicações do mineiro, que fazia esforço para manter-se erguido no cavalo. Por fim, chegamos a um ponto em que o guia nos disse para determo-nos. Desmontou e foi reconhecer o terreno.

— Graças a Deus! — nos disse. — Horton agiu com esperteza.
— Como sabe?
— Ele os trouxe pelo caminho mais longo e demorarão pelo menos mais um dia para chegarem à estância.

— Então, poderemos descansar?

— Sim. Hoje não chegarão, pois estes rastros são recentes. Fazem só três horas que estes bandidos passaram por aqui.

Apressamo-nos em desmontar e preparar as coisas para nosso descanso, do qual tanto necessitávamos. O pobre mineiro estava realmente doente, mas passou a noite bem.

Quando amanheceu e nos aprontamos para partir, disse que tinha febre, mas que conseguiria chegar até a fazenda, já que por este caminho demoraríamos mais ou menos umas oito horas para chegar. Montamos apressadamente e logo estávamos cavalgando naquele terreno tão propício às emboscadas e fácil de se perder.

E sem dúvida, o mineiro estava certo. Ao meio-dia avistamos a fazenda de Uhlmann. Continuamos e somente às cinco da tarde divisamos o vale onde estava a mina.

— Desmontemos — disse o mineiro, que parecia, realmente, muito enfermo. — Agora temos que seguir a pé, e em fila, pois só assim poderemos entrar na mina.

— É necessário?

— Não há outra entrada. Mas atravessaremos antes do anoitecer.

Old Death fez um gesto de aborrecimento, mas não tínhamos outro remédio senão fazer o que o pobre homem dizia. Levando os cavalos pelo cabresto, descemos por atalhos que nos levaram ao fundo do vale. Tal como havia dito o mineiro, logo anoiteceu, e foi entre as sombras do crepúsculo que alcançamos as casas dos mineiros.

Ao passarmos perto de uns arbustos, pareceu-me ouvir ruído de algo caindo. Fiz com que todos parassem, mas nada mais se ouviu.

— Foi um homem — disse eu. — Rolou morro abaixo.

Vi que todos se calavam, duvidando que eu estivesse certo. Seguimos adiante e chegamos ao vale. A casa principal estava iluminada, e Old Death e eu nos encaminhamos para lá.

Mas alguém gritou, na escuridão que nos envolvia:

— Disparem! Eles estão ali!

Old Death atirou-se ao solo e eu fiz o mesmo. Percebi que já esperavam os bandoleiros, e nos haviam tomado por eles. Gritei com todas as minhas forças:

— Uhlmann, não dispare! Viemos com seu sogro e seu cunhado, Lange!

No silêncio que se seguiu àquelas palavras, poderia ouvir-se uma mosca. Logo, a mesma voz que havia ordenado o disparo, respondeu:

— O que me falou isto, entre. Mas sozinho.

Aproximei-me do pano que fazia as vezes de porta, e o levantei. Vinte fuzis apontaram para mim. Com aspecto decidido, outros tantos homens esperavam os assaltantes. Um com aspecto envelhecido, e a roupa esfarrapada estava ali, olhando-me espantado.

— São os assaltantes, Horton?

— Não — respondeu ele. — Este homem não estava com os bandidos!

— Por favor — interrompi, em alemão. — Não percamos tempo, porque logo vamos nos encontrar com os bandidos. Sou Charles Müller, um explorador que está a procura de uma pessoa. Meu companheiro é o explorador Old Death, e estão conosco o senhor Lange e seu filho.

Sem esperar que se recompusessem de sua surpresa, me aproximei da porta e convidei meus companheiros. O mineiro correu até o homem esfarrapado, e o abraçou:

— Horton! Como conseguiu escapar dos bandoleiros.

— Faz dez minutos que cheguei. Caí pelo atalho, rolando, e sem dúvida devo ter cruzado com vocês.

— Eu o escutei cair, mas meus companheiros não me acreditaram — disse eu. — Mas agora é preciso or-

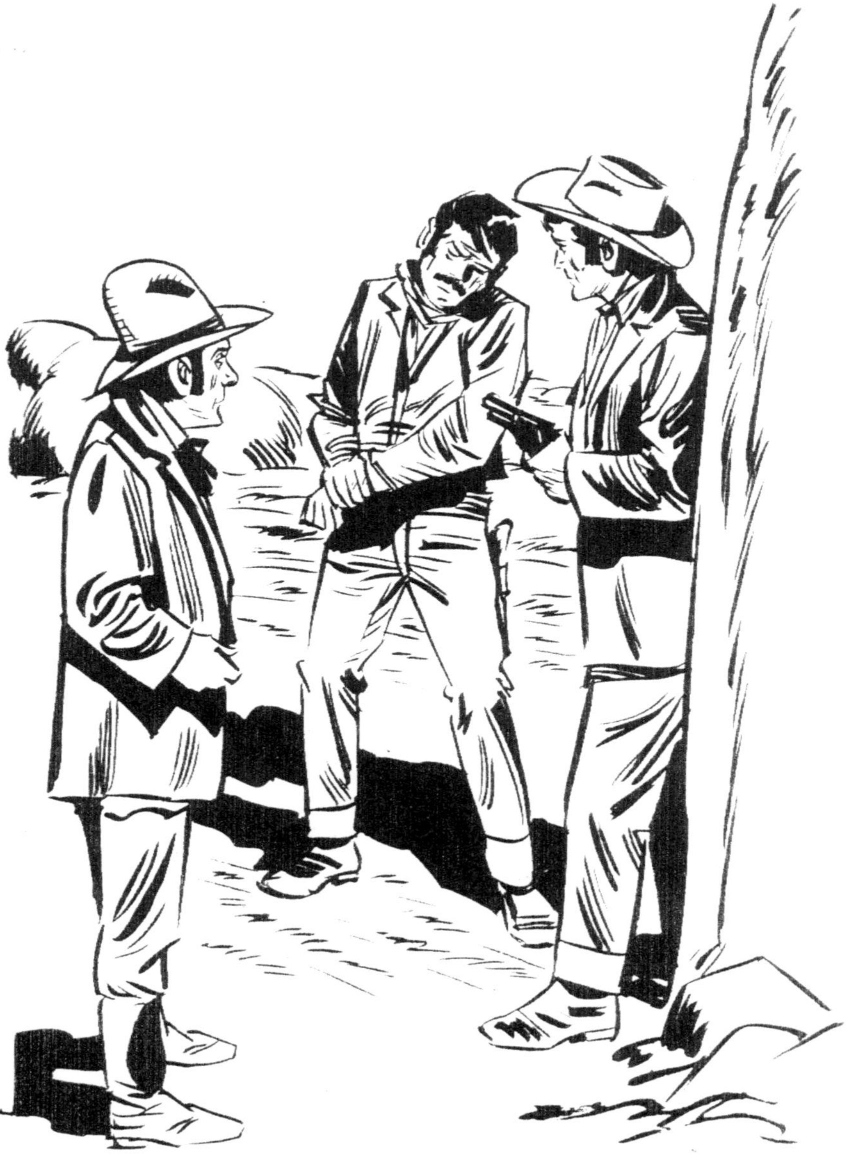

ganizarmos a defesa. Os mexicanos logo estarão aqui. Onde os deixou, Horton?

— No bosque, acima da mina. Deixaram-me com as mãos atadas, mas consegui me soltar. Rolei pelo barranco que dá na mina, e portanto, devemos ter uma dianteira de uma meia hora, mais ou menos.

Interrompi as manifestações de alegria de uns e outros, que se abraçavam comovidos, para dizer:

— Senhores, o inimigo está próximo. Tomemos precauções para que não nos peguem desprevenidos. Haverá meio de iluminarmos o vale, para que nenhum deles possa escapar?

Uhlmann deixou seu sogro e cunhado, e saiu da casa.

Minutos depois, todos haviam saído de suas casas, e um homem transportava um barril de petróleo para perto do riacho que cortava o vale.

— Quando eu assobiar — ordenou Uhlmann, coloquem fogo no barril e façam-no rodar pelo riacho. O vale ficará iluminado como se fosse dia.

Todos armados e a postos nas entradas da mina, esperamos a chegada dos bandidos. Não demoraram muito. Um quarto de hora depois de prepararmos tudo, ouvimos o tropel dos cavalos que chegavam. Um dos apaches que nos havia acompanhado, fez o sinal combinado e minutos depois todo o rio incendiou-se, surpreendendo os homens que se aproximavam.

Estes eram, no entanto, somente dois. De onde estava, pude ver Gibson e Ohlert, tão indiferente como sempre. Gibson deteve-se ao ver o fogaréu e perguntou, em voz alta:

— Somos gente de paz. Não poderíamos falar com o diretor da empresa?

Um empregado aproximou-se, para receber Gibson. Eu tive curiosidade de ouvir o que diriam, e deslizei pela parte posterior da casa do diretor, que era a que estava iluminada quando chegamos.

Gibson entrou com a cabeça erguida e Ohlert, com seu ar de indiferença. Uhlmann os recebeu friamente e escutou o seguinte, que também escutei:

— Sou geógrafo, senhor e estou mapeando a região. Meu companheiro está doente, e viemos até aqui para ver se encontramos um guia, chamado Horton, que nos enganou, deixando-nos plantados no bosque. Foi por pura sorte que consegui chegar até aqui.

Sem dar tempo a Uhlmann de responder ao pilantra, saí de meu esconderijo e entrei na casa, pela porta de trás. O rosto de Gibson registrou um mosaico de expressões, em poucos segundos. Não sabia o que dizer.

— Acabou-se, meu amigo — disse-lhe. — Entregue-se à justiça, já é hora de deixar cair a máscara.

Naquele momento, escutou-se um tiroteio. Os companheiros daquele miserável que estava à minha frente, haviam chegado ao vale.

Ao ouvir isto, Gibson tratou de esconder-se e buscou com os olhos um lugar para fazê-lo. Eu o observava e lhe disse:

— Você não fará o mesmo que fez no acampamento comanche. Aqui não poderá escapar, terá que prestar contas à justiça do que fez ao senhor Ohlert.

Gibson, louco de raiva, sacou o revolver e mirou em mim. Mas não tive tempo de disparar. Uhlmann havia sacado seu revólver, e disparado com mais rapidez que eu. Verdade é que não tive pressa em fazê-lo, e isso foi minha perdição.

— Não dispare! — gritei com o jovem dono da mina. — Preciso entregá-lo vivo!

— Ele só está ferido! — disse Uhlmann.

Porém, estava escrito que Gibson não escaparia. Quando tentava levantar-se novamente, uma bala perdida, vindo de fora, acabou por matá-lo. Vendo que não podia fazer mais nada por ele, me ocupei do jovem

Ohlert, e o obriguei a abaixar-se, pois as balas sibilavam ao nosso redor.

* * *

Quando pude sair, comprovei que todos os bandoleiros mexicanos haviam sido capturados. Old Death e os Lange comentavam o final da aventura, e Uhlmann e Davis corriam de um grupo para outro, para saberem se tinha havido baixas entre sua gente.

Meia hora depois, a calma voltava ao vale e o petróleo havia parado de arder, fazendo com que a escuridão da noite nos envolvesse. Reunimo-nos para conversar sobre o desfecho da aventura. E aproveitamos para contar também as aventuras pelas quais passamos, até chegarmos ali.

Nossa aventura coroava-se de êxito, mesmo à custa de muita preocupação e esforço. Resultava difícil de acreditar, agora que tudo passara, que tudo isto nos ocorrera em um breve espaço de tempo. Porém, era tudo real, e havia mesmo acontecido.

E o mais interessante é que estávamos vivos para contar.

Pai e Filho

No dia seguinte, vi que era urgente cuidar do infeliz filho do banqueiro. Ohlert parecia um demente, calmo, mas ausente de tudo o que se dizia. Era necessário cuidar dele, e para isso era preciso o auxílio de um bom médico.

— O mais prático — aconselhou-me Uhlmann — é levá-lo para Chihuahua. Ali poderá cuidar dele decentemente, e também chamar seus familiares.

O conselho era excelente, e decidi pô-lo em prática, mas não me foi possível partir logo, como desejava. Estava muito cansado, pela viagem e por todos os incidentes que havia passado, e Ohlert também precisava descansar.

Decidi ficar alguns dias em companhia de Lange, que não cabia em si de alegria ao ver a boa sorte de sua filha e genro. Conheci toda a fazenda. O senhor Davis também mostrou-se satisfeito em ter ali toda a família de Uhlmann e compreendi que para aquela boa gente, começava uma era de prosperidade e paz.

Meu amigo Old Death me reservava uma surpresa, que não devia ter-me causado tanto espanto, dado o caráter do bom explorador. Disse-me que iria procurar ouro.

— Este vale é rico em veios auríferos — me disse. — Vou fazer sociedade com Horton e com o mineiro que encontramos no rio, e prosseguirei viagem até o interior.

Como eu não tinha nada a opor a este projeto, me limitei a desejar-lhe boa sorte, porém senti perder a companhia daquela homem valente, sagaz e bom, que havia sido meu verdadeiro guia na difícil aventura que havíamos passado entre apaches e comanches.

Três dias depois de nossa chegada, com os cavalos descansados, boa quantidade de provisões, mais animado e com o coração cheio de ilusões, como se tivesse vinte anos, Old Death partiu da fazenda. Horton e o mineiro iam com ele, tão alegres e encantados, como se já tivessem a fortuna ao alcance das mãos.

E esta foi a última vez que vi Old Death. Não sei se a fortuna lhe foi propícia ou se, pelo contrário, encontrou a morte em sua aventura. Anos depois ouvi falar dele, através de pessoas que também o haviam conhecido por uma casualidade, assim como eu. A verdade é que, a partir daquele instante, deixei de ver e de saber daquele grande explorador, que para mim não teve outro nome senão o apelido de Old Death, a "Velha Morte".

A escolta de apaches que nos designara Winnetou, a dispensamos pouco depois da partida de Old Death. Partiram alegres, pois Uhlmann os cobriu de presentes. Deu-lhes armas novas, munições, mantas coloridas, víveres em abundância e nossas mais cordiais saudações para toda a tribo apache.

— Diga ao seu chefe, o grande Winnetou, que assim que tiver resolvido este assunto, me reunirei a ele no Mapimi. Tenho vontade de passar uns tempos a seu lado.

Os apaches prometeram dar o recado, e logo suas figuras vigorosas e ágeis, desapareceram entre as árvores do bosque. Iam em busca de sua gente, que haviam deixado guerreando com os comanches.

Ohlert recuperava-se lentamente, mas o que mais me preocupava era seu estado mental. Parecia completamente ausente, e eu não via como tirá-lo daquela apatia, que tanto prejudicava sua saúde e sua vida.

Em poder de Gibson encontramos todos os fundos que o bandido havia retirado, dos diferentes bancos da firma Ohlert. Na realidade, havia recuperado quase tudo, e ainda tinha comigo o filho do banqueiro, mas... Como dar a notícia da demência do filho ao angustiado pai? Eu relutava em fazê-lo, e Uhlmann me aconselhou:

— Não lhe diga nada. Vá para Chihuahua e ali encontre o padre Benito. É um monge da Congregação do Bom Pastor, e tem fama de milagroso em suas curas. Vá vê-lo. Quem sabe ele não consegue devolver a saúde a este pobre enfermo, que caiu nas garras deste bandido.

Achei aquela sugestão razoável, e numa manhã esplêndida, parti para Chihuahua. Acompanharam-me cinco empregados da fazenda, bem armados e preparados, pois a região continuava em situação de efervescência política.

No entanto, nada nos ocorreu durante a viagem, e pudemos chegar à capital sem contratempos. Verdade é que o trajeto era curto. E, creio também, que o fim de Gibson, contribuiu para a diminuição dos incidentes. Era um sujeito perigoso, daquele tipo que não só se aproveita das situações complicadas, mas também acaba por causá-las, para obter vantagens.

O negro Sam me acompanhou nesta última parte da viagem, e ao chegar à cidade, despedi-me dele. O bom homem continuou seu caminho e suponho que tenha regressado são e salvo a La Grange, para a casa do cavaleiro espanhol que tão bem havia nos recebido.

Então, só me falta explicar como o senhor Ohlert teve notícias do seu filho. Ao chegar em Chihuahua, apressei-me a escrever para Nova Iorque, comunicando-lhe que havia chegado a bom termo minha missão. Dei-lhe a localização exata de onde estava com seu filho, mas não lhe disse que ele encontrava-se quase que privado da razão. Disse-lhe, unicamente, que estava bastante enfermo, por causa das desventuras passadas durante o período que estivera em poder de Gibson.

Enquanto isso, o bom monge que Uhlmann havia me indicado, começou o tratamento do pobre rapaz, tentando fortalecer o organismo do pobre por meio de ervas e remédios naturais que ele conhecia.

Ao cabo de quinze dias, notável mudança se percebia no rapaz. Já era capaz de responder o que lhe perguntavam, e seu rosto já demonstrava felicidade ou mal-estar. Foi então que o bom religioso começou a conversar com ele, amável e pacientemente, fortalecendo assim aquele espírito vacilante e débil, que aquele bandido havia conseguido perturbar tão profundamente. Um mês depois, o jovem Ohlert começou a parecer-se muito com o filho do banqueiro de Nova Iorque, cujos retratos me havia confiado o pai no momento de dar-me a missão de resgatá-lo.

Um mês e meio depois de nosso encontro na fazenda de Uhlmann, aquele rapaz bem podia passar por um homem alegre, simpático e franco. Comecei então a falar-lhe da vontade que seu pai tinha em vê-lo. Ohlert escutava e fazia perguntas, o que indicava o quanto isto também lhe agradaria.

— Não me recordo de nada — respondeu. — Em minha memória, há uma lacuna. Lembro de meu pai e de minha casa em Nova Iorque, mas não tenho idéia de como cheguei aqui. O seu rosto é o que mais me lembro, por havê-lo visto ao meu lado fazem umas semanas, mas o mais, é uma névoa que não consigo dissipar.

— Não lhe agradaria ser poeta? — perguntei com cautela.

A angústia que espelhou-se então no rosto do doente, me fez compreender o quão delicado era tentar averiguar o ocorrido com aquele espírito enfermo.

* * *

Não insisti mais neste assunto, mas dias depois, uma conversa entre padre Benito, Ohlert e eu acabou por trazer isto à tona novamente. O primeiro começou a falar de poesia e versos, e levou a conversa cuidadosamente para o terreno que lhe convinha. O enfermo nos assombrou, dizendo:

— Não gostaria de ser chamado poeta. Tomaria como um insulto.

— Porque?

— Porque o poeta de verdade, não precisa de confirmação popular para o sê-lo. E o que se chama assim, e não tem nada de poético nas veias, não passa de um demente.

Esta afirmação nos mostrou que o filho do banqueiro havia se curado.

Eu já tinha dito que o pai iria buscá-lo, pois queria que o encontro entre os dois fosse o mais natural possível, e também para evitar a ansiedade própria da espera. Porém eu sim, esperava impacientemente o senhor Ohlert, pois queria dar como terminada minha missão, e sentir-me livre outra vez. Estava decidido a viajar por aquele território, e não voltar a Nova Iorque. Não queria continuar como detetive. Era algo que não me agradava.

Por isso, foi para mim motivo de grande alegria o recado que recebi, certa tarde em que me encontrava conversando com o jovem Ohlert na cela que ocupava, desde que chegara ao convento. Um menininho veio dizer-me que um viajante, vindo do Este, me esperava. Apressei-me a ir encontrá-lo, e o senhor Ohlert me esperava, muito comovido e também cansado, por conta da longa viagem.

— Como ele está? — quis saber o carinhoso pai.

— Bem. Creio que é o mesmo rapaz que o senhor perdeu, e até me atrevo a dizer-lhe que recobrou por completo a saúde.

— Não está delirando? Não tem mais aquela obsessão que tanto fez mal à sua razão, e pela qual Gibson pôde aproveitar-se dele?

— Não. Porém, é melhor que o senhor julgue por si próprio. Vou levá-lo até ele. Não lhe disse que o senhor estava aqui, mas estou certo de que ele o reconhecerá.

Acompanhei o pai até a cela do rapaz, e o grito de alegria que este deu ao ver o pai, e o abraço que lhe deu, me convenceu de que William Ohlert estava completamente curado.

E assim, eu terminava a missão que me havia trazido até ali.

* * *

Poucos dias depois parti de Chihuahua, deixando o senhor Ohlert e seu filho prontos para partirem para o Este. No momento da partida, o banqueiro me disse:

— Estou muito agradecido, senhor Müller, por tudo o que fez por meu filho e por mim. Os fundos roubados foram quase que completamente recuperados, e a saúde de meu filho é a melhor que já teve em toda a sua vida. Nunca poderei pagar-lhe pelo que fez.

— Não se preocupe. Se algum dia precisar, lhe recordarei este momento. Assim está bom?

O banqueiro apertou minha mão cordialmente, e depois de abraçar o jovem William, parti. Tinha vontade de percorrer o vale de Sonora e ver o Colorado. E sobretudo, tinha desejo de reunir-me aos apaches e ver de novo Winnetou, meu irmão de sangue, que tanto queria bem.

E uma manhã, bem guarnecido com provisões, armas e munição, empreendi de novo a rota até o Oeste. Mas as aventuras por que passei, nesta nova rota, as contarei em outro momento.

Aqui ponho um ponto final nas minhas aventuras como detetive particular, que me valeu envolvimento com a guerra entre apaches e comanches, e me proporcionou conhecer pessoas como Old Death, Don Atanásio e Castor Branco, e viver aventuras que jamais se apagarão de minha memória.

Este livro ENTRE APACHES E COMANCHES de Karl May é o volume número 1 da "Coleção Karl May" tradução de Carolina Andrade. Impresso na Editora Gráfica Líthera Maciel Ltda, à Rua Simão Antônio, 1.070 - Contagem, para Villa Rica Editoras Reunidas Ltda, à Rua São Geraldo, 53 - Belo Horizonte. No catálogo geral leva o número 2054/4B.